● 日語能力檢定系列

日本語能力試驗

N5 檢

一本有依據、有考據的單字書！

單

三民日語編輯小組 編著

本書乃針對「言語知識(文字・語彙)」考試科目
根據
舊制測驗公布的《日本語能力試驗出題基準》
新制測驗公布的《新しい「日本語能力試驗」問題例集》
以及近十五年份的歷屆考題
2010年日本政府改訂的常用漢字表 編纂而成

三民書局

國家圖書館出版品預行編目資料

日本語能力試驗N5檢單／三民日語編輯小組編著.－
－初版一刷.－－臺北市：三民，2011
面；　公分.－－(日語能力檢定系列)

ISBN 978-957-14-5538-9 (平裝)
1.日語 2.能力測驗

803.189   100013872

© 　日本語能力試驗N5檢單

編 著 者	三民日語編輯小組
責任編輯	李金玲
美術編輯	李金玲
校　　對	陳玉英
發 行 人	劉振強
著作財產權人	三民書局股份有限公司
發 行 所	三民書局股份有限公司
	地址　臺北市復興北路386號
	電話　(02)25006600
	郵撥帳號　0009998-5
門 市 部	(復北店)臺北市復興北路386號
	(重南店)臺北市重慶南路一段61號
出版日期	初版一刷　2011年8月
編　　號	S 809470

行政院新聞局登記證局版臺業字第○二○○號

有著作權‧不准侵害

ISBN　978-957-14-5538-9　　(平裝)

http://www.sanmin.com.tw　三民網路書店

※本書如有缺頁、破損或裝訂錯誤，請寄回本公司更換。

前 言

「日本語能力試驗」旨在提供日本國內外母語非日語的學習者一個客觀的能力評量。在日本是由財團法人日本國際教育支援協會主辦,海外則由國際交流基金協同當地單位共同實施。自1984年首次舉辦以來,於2009年12月全球已有五十四個國家,包含日本在內,共二百零六個城市,五十一萬九千人參加考試。台灣考區也於1991年設立,如今共於台北、高雄、台中三個城市設有考場。

測驗共分為五級,N1程度最高,N5最簡單。考生可依自己實力選擇適合的級數報考。報考日期定於每年7月及12月上旬,兩個月後於同年9月及翌年2月(或3月上旬)寄發成績單,合格者並同時授與「日本語能力認定書」。

考試制度在2010年做了很大的變革,為了測試學習者真正的日語實力以及應用能力,出題比以往更著重日語溝通,範圍也擴大,不再只侷限於先前公布的出題基準。

但準備考試總要有個方向。因此,本局特別針對暢銷系列《檢單》進行大幅改版。除了依循舊制測驗時公布的《日本語能力試驗出題基準》,更將選字範圍擴及新制測驗公布的範本《新しい「日本語能力試驗」

問題例集》，以及近**十五年份的歷屆考題**，挑選出其中的生字。為求精準，另外還參考了日本主辦單位建立字彙庫時所依據的資料列表，內容包含了各式辭典以及統計數據等。

最後，當然也沒有忘記配合**2010年日本政府改訂的常用漢字表**，將漢字表記重新作了調整。

除了在選字方面的用心，編輯小組也考慮到新制測驗講求靈活的特性，特別鎖定「言語知識(文字‧語彙)」的考試科目，配合考試題型，新增「**類義代換**」「**即時應答**」「**何と言う？(發話表現)**」等單元，讓單字書有了新的面貌，不再只是單字書，而更像是本隨身的重點筆記！

三民書局向來稟承對教育用心的理念，精心編纂各式各樣檢定考試必備良書，日語編輯小組延續此一傳統，用心編輯，期許藉由本書紮實的內容，讓更多學習者能夠簡單學習，輕鬆通過日語檢定考試。

2011年8月
三民書局

本書使用説明

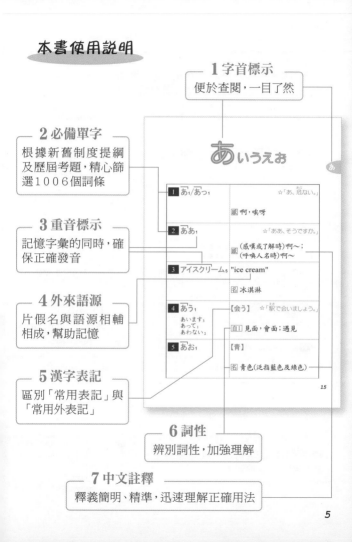

8 日常短句

依據新舊制度提綱及歷屆考題，篩選
日常應對短句，對應新制，著重實用

9 補充資訊

提供「類義」「對義」
「關聯」「實例」「參
見附錄」等提示，可
觸類旁通，事半功倍

10 例句

針對重點單字提示
用例，有助理解應用

11 相關單字

有效率學習相關單
字，加深記憶

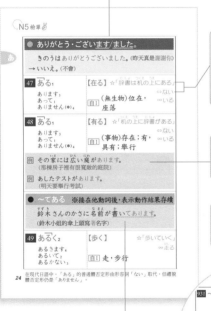

N5檢單

● ありがとう・ございます/ました。

きのうはありがとうございました。(昨天真是謝謝你)
→いいえ。(不會)

| 47 | ある₁ | 【在る】 | ☆「辞書は机の上にある」 |
| | あります₁ あって₁ ありません(＊)。 | **直I** (無生物)位在，座落 | ⇔ない ∞いる |

| 48 | ある₁ | 【有る】 | ☆「机の上に辞書がある」 |
| | あります₁ あって₁ ありません(＊)。 | **直I** (事物)存在；有，具有；舉行 | ⇔ない ∞いる |

例 その家には広い庭があります。
(那棟房子擁有很寬敞的庭院)

例 あしたテストがあります。
(明天要舉行考試)

● ～てある ※接在他動詞後，表示動作結果存績

鈴木さんのかさに名前が書いてあります。
(鈴木小姐的傘上頭寫著名字)

| 49 | あるく₂ | 【歩く】 | ☆「歩いていく」 |
| | あるきます₂ あるいて₂ あるかない₃ | **直I** 走，步行 | ∞走る |

24 在現代日語中，「ある」的普通體否定形由形容詞「ない」取代，但禮貌
體否定形仍是「ありません」。

12 重點句型

補充相關重點句型，幫助您
熟悉用法，增強實力

| 931 | ～や | 【～屋】 |
| | | 接尾 ～店；賣～的人 |

ほんや₁	【本屋】	書店；書商
さかなや₀	【魚屋】	漁產店；魚商
にくや₂	【肉屋】	肉店；肉商
くだものや₄,₀	【果物屋】	水果店；水果商
パンや₁	【パン屋】	麵包店；麵包商
はなや₂	【花屋】	花店；花商
〜すりや₀	【薬屋】	藥房；藥商

對應考試新制
精心企畫單元

特點 1
活用變化提示：動詞及形容詞活用變化與單字一併記憶，可收直覺式印象之效

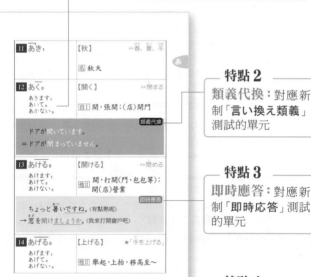

11 あき₁ 【秋】 ⇔春、夏、冬

图 秋天

12 あく。 【開く】 ⇔閉まる
あきます。
あいて。
あかない。 直I 開，張開；(店)開門

類義代換

ドアが開いています。
＝ドアが閉まっていません。

13 あける。 【開ける】 ⇔閉める
あけます。
あけて。
あけない。 他II 開，打開(門、包包等)；開(店)營業

即時應答

ちょっと暑いですね。(有點熱吧)
→窓を開けましょうか。(我來打開窗戶吧)

14 あげる。 【上げる】 ★「手を上げる」
あげます。
あげて。
あげない。 他II 舉起，上抬，移高至～

17

特點 2
類義代換：對應新制「言い換え類義」測試的單元

特點 3
即時應答：對應新制「即時応答」測試的單元

558 たのむ₂ 【頼む】
たのみます。
たのんで₂
たのまない。 他I 請求，拜託

何と言う？

(私は斉藤さんにコピーを頼みました。)

🗣 斉藤さん、これをコピーしてください。

特點 4
何と言う？：對應新制「発話表現」測試的單元

7

1 字首標示 開頭文字字級加大，閱讀一目了然；側標依五十音順序編排，有助快速查閱。

2 必備單字 參考舊制出題基準以及新制問題例集，外加蒐集十五年份考古題，字字有考據。

#符號 / 表示「或」，例如：あの。/あのう。意指兩種讀法都存在

3 重音標示 採畫線及數字雙標示：

#單字右下方標記若不只一個數字，表示該字有多種音調唸法

#接尾語、接頭語的發音音調，常會因連接的語詞產生變化，所以無法標示

4 外來語源 以英語雙引號" "表示外來語的字源，一般以英語為主，前方若標示有國名，表示源自英語以外的語言。

#例如：パン "葡pão" →表示源自葡萄牙語pão一字

5 漢字表記 以西元2010年日本內閣公告之改訂常用漢字表為基準。

#實心括弧【】內表示「常用表記」，包括「常用漢字表」範圍內(包含附表)的漢字及音訓

#空心括弧【】內表示「常用外表記」，包括「常用漢字表」之外的漢字及「表內漢字但表中未標示該音訓者」

6 詞　　性 方框內□表示詞性(見右頁) →

7 中文註釋 扼要說明字義及使用注意事項，有助迅速掌握字義，理解正確用法。

#符號 ( ) 表示可省略括弧內的字或作補充說明

8 日常短句 參考舊制出題基準以及新制問題例集，外加蒐集十五年份考古題，整理出常見短句並詳加說明使用方法。

符號	日文名稱	代表意義
名	名詞	名詞
代	代名詞	代名詞
イ形	イ形容詞	イ形容詞 (形容詞)
ナ形	ナ形容詞	ナ形容詞 (形容動詞)
自I	自動詞 I	第一類自動詞 (五段活用自動詞)
自II	自動詞 II	第二類自動詞 (上下一段活用自動詞)
自III	自動詞III	第三類自動詞 (カ變サ變活用自動詞)
他I	他動詞 I	第一類他動詞 (五段活用他動詞)
他II	他動詞 II	第二類他動詞 (上下一段活用他動詞)
他III	他動詞III	第三類他動詞 (サ變活用他動詞)
副	副詞	副詞
接続	接続詞	連接詞
感	感動詞	感嘆詞
連体	連体詞	連體詞 註：只有接續體言(名詞)的用法
連語	連語	連語 註：不同詞性的字結合作固定用法
助	助詞	助詞
接尾	接尾語	接尾語 ※包含量詞 (助數詞)
接頭	接頭語	接頭語

9 補充資訊 以下列六種符號表示與該字彙相關的提示

　→…「同義字」或「類義字」

　⇔…「成對字」或「反義字」

　∞…「相關字」

　★…《日本語能力試驗 出題基準》刊載實例

　☆…本局日語編輯小組精心補充之「應用實例」

　☞…參見「付錄」

10 例　　句 針對重點單字提示例句，幫助理解應用。

11 相關單字 系統性整理相關字彙，有助加深記憶。

12 重點句型 補充相關重點句型，熟悉用法，增強實力。

*

特點 1 活用變化提示：

　動詞及形容詞活用變化是初級測驗中經常出現的題型，因此本書特別針對

　　◆動詞「ます形」「て形」「ない形」

　　◇形容詞「た形」「て形」「ない形」

　作提示，同時列出變化形的重音一併記憶，提升學習效率。例：

あおい₂ イ形 ：辞書形	しずか₁ ナ形 ：辞書形
あおかった₁/₂　：た形	しずかだった₁　：た形
あおくて₁/₂　　：て形	しずかで₁　　：て形
あおくない₁/₂·₄　：ない形	しずかで(は)ない₁·₆　：ない形

↳／前的數字為傳統重音規則，／後的數字代表新式音調；
-4表示第4個音「な」在強調否定時，音通常會高起

　　　　　例如：あおくない

註：關於日語發音原則請參考本局
　　《別找了，日語發音這本最好用！》

あく。　自I　:辞書形
あきます₃　:ます形
あいて。　:て形
あかない。　:ない形
↳ 套色代表有語尾變化

あける。　他II　:辞書形
あけます₃　:ます形
あけて。　:て形
あけない。　:ない形
↳ 沒套色表示語尾沒有變化

特點2 類義代換：

主要依據實際出題形式，揭示類義代換例句，提供學習者靈活思考。

特點3 即時應答：

根據實際出題形式，列舉實況生活對話，幫助學習者熟悉日常會話對應。

特點4 何と言う？：

對應新的出題形式，藉由提示情境，帶出該情境下合適的發話表現。

另有**語尾變化**及**反義對照**等特殊單元設計。

其他體例說明

[口] …表示口語用法

[敬] …表示敬語用法

[鄭] …表示鄭重、正式用法

ありがとう・ございます/ました

| 表示「・」後面的部分可省略 | | 表示「ます」或「ました」皆可使用 |

清音・鼻音
せいおん・びおん

あ	ア	a	い	イ	i	う	ウ	u	え	エ	e	お	オ	o
か	カ	ka	き	キ	ki	く	ク	ku	け	ケ	ke	こ	コ	ko
さ	サ	sa	し	シ	shi	す	ス	su	せ	セ	se	そ	ソ	so
た	タ	ta	ち	チ	chi	つ	ツ	tsu	て	テ	te	と	ト	to
な	ナ	na	に	ニ	ni	ぬ	ヌ	nu	ね	ネ	ne	の	ノ	no
は	ハ	ha	ひ	ヒ	hi	ふ	フ	fu	へ	ヘ	he	ほ	ホ	ho
ま	マ	ma	み	ミ	mi	む	ム	mu	め	メ	me	も	モ	mo
や	ヤ	ya				ゆ	ユ	yu				よ	ヨ	yo
ら	ラ	ra	り	リ	ri	る	ル	ru	れ	レ	re	ろ	ロ	ro
わ	ワ	wa										を	ヲ	o
ん	ン	n												

濁音・半濁音
だくおん・はんだくおん

が	ガ	ga	ぎ	ギ	gi	ぐ	グ	gu	げ	ゲ	ge	ご	ゴ	go
ざ	ザ	za	じ	ジ	ji	ず	ズ	zu	ぜ	ゼ	ze	ぞ	ゾ	zo
だ	ダ	da	ぢ	ヂ	ji	づ	ヅ	zu	で	デ	de	ど	ド	do
ば	バ	ba	び	ビ	bi	ぶ	ブ	bu	べ	ベ	be	ぼ	ボ	bo
ぱ	パ	pa	ぴ	ピ	pi	ぷ	プ	pu	ぺ	ペ	pe	ぽ	ポ	po

きゃ	キャ	kya		きゅ	キュ	kyu		きょ	キョ	kyo
しゃ	シャ	sha		しゅ	シュ	shu		しょ	ショ	sho
ちゃ	チャ	cha		ちゅ	チュ	chu		ちょ	チョ	cho
にゃ	ニャ	nya		にゅ	ニュ	nyu		にょ	ニョ	nyo
ひゃ	ヒャ	hya		ひゅ	ヒュ	hyu		ひょ	ヒョ	hyo
みゃ	ミャ	mya		みゅ	ミュ	myu		みょ	ミョ	myo

りゃ	リャ	rya		りゅ	リュ	ryu		りょ	リョ	ryo

ぎゃ	ギャ	gya		ぎゅ	ギュ	gyu		ぎょ	ギョ	gyo
じゃ	ジャ	ja		じゅ	ジュ	ju		じょ	ジョ	jo

びゃ	ビャ	bya		びゅ	ビュ	byu		びょ	ビョ	byo
ぴゃ	ピャ	pya		ぴゅ	ピュ	pyu		ぴょ	ピョ	pyo

あ いうえお

あ

1 あ₁/あっ₁	☆「あ、危ない。」
	感 啊，哎呀
2 ああ₁	☆「ああ、そうですか。」
	感 (感嘆或了解時)啊～； (呼喚人名時)啊～
3 アイスクリーム₅	"ice cream"
	名 冰淇淋
4 あう₁ あいます₃ あって₁ あわない₂	【会う】 ☆「駅で会いましょう。」
	自I 見面，會面；遇見
5 あお₁	【青】
	名 青色(泛指藍色及綠色)

15

あ

6 あおい₂ あおかった 1/2 ☞ P10 あおくて 1/2 あおくない 1/2-4	【青い】　☆「青い空」「青い野菜」 イ形 青色的
7 あか₁	【赤】 名 紅色
8 あかい₀ あかかった 2 あかくて 2 あかくない 4	【赤い】 イ形 紅色的
9 あかちゃん₁	【赤ちゃん】 名 小寶寶，小嬰兒
10 あかるい₀ あかるかった 3 あかるくて 3 あかるくない 5	【明るい】　　　　　　⇔暗い イ形 (光線、色彩)明亮的

即時應答

部屋が暗いですね。(房間好暗呢)

→ 明るくしましょうか。(我來弄亮一點吧)

イ形容詞非過去式(禮貌體)：(肯定)明るいです
　　　　　　　　　　　　　(否定)明るくありません・明るくないです

11 あき₁	【秋】 ∞春、夏、冬
	名 秋天

12 あく₀ あきます₃ あいて₀ あかない₀	【開く】 ⇔閉まる
	自Ⅰ 開，張開；(店)開門營業

類義代換

ドアが開いています。
＝ドアが閉まっていません。

13 あける₀ あけます₃ あけて₀ あけない₀	【開ける】 ⇔閉める
	他Ⅱ 開，打開；開(鎖)； 開(店)門營業

即時應答

ちょっと暑いですね。(有點熱呢)

→ 窓を開けましょうか。(我來打開窗戶吧)

14 あげる₀ あげます₃ あげて₀ あげない₀	【上げる】 ★「手を上げる」
	他Ⅱ 舉起，上抬，移高至～

あ

15 あげる₀ あげます₃ あげて₀ あげない₀	☆「ものをあげる」 他II 給，送
16 あさ₁	【朝】 ⇔晩、夜 名 早晨
17 あさごはん₃	【朝御飯】 ∞昼御飯、晩御飯 名 早飯，早餐
18 あさって₂	【明後日】 ☞時間① 名 後天
19 あし₂	【足】 ☆「足が長い」 ☆「足が大きい」 名 腿；脚
20 あした₃	【明日】 ☞時間① 名 明天

21 あそこ 0	∞ここ、そこ
	代 那裡,那邊
22 あそぶ 0 あそびます 4 あそんで 0 あそばない 0	【遊ぶ】　☆「友だちと遊ぶ」 自I 玩,遊戲
23 あたたかい 4 あたたかかった 3/4 あたたかくて 3/4 あたたかくない 3/4-6	【暖かい】　⇔涼しい イ形 (天氣、屋子等)暖和的

> **語尾變化**
>
> きのうは暖かかったですが、
> きょうは暖かくないです。
> (昨天很暖和,可是今天就不暖和了)

24 あたたかい 4 あたたかかった 3/4 あたたかくて 3/4 あたたかくない 3/4-6	【温かい】　∞熱い、冷たい →ぬるい イ形 (水、食物等)溫的
25 あたま 3	【頭】　☆「頭がいい」 名 頭;頭腦

イ形容詞過去式:暖かいかったです　　　　(×)暖かいでした
(禮貌體)　　暖かくないかったです　　　(×)暖かくないでした
　　　　　　暖かくないありませんでした

26 あたらしい₄ あたらしかった ₃/₄ あたらしくて ₃/₄ あたらしくない ₃/₄-₆	【新しい】　　　　　⇔古い イ形 新的；新鮮的
27 あちら₀	∞こちら、そちら 代 那個方向，那邊；那裡； 那邊那個；那邊那位
28 あつい₂ あつかった ₁/₂ あつくて ₁/₂ あつくない ₁/₂-₄	【暑い】　　　　　⇔寒い イ形 (氣候、身體感受)炎熱的
29 あつい₂ あつかった ₁/₂ あつくて ₁/₂ あつくない ₁/₂-₄	【熱い】　　　　　⇔冷たい イ形 (物體溫度)熱的，燙的
例 母は風邪を引いて、手が熱かったです。 　(母親得了感冒，手是燙的) 例 寒いので、熱いコーヒーを飲みました。 　(因為冷，所以喝了熱咖啡)	
30 あつい₀ あつかった ₂ あつくて ₂ あつくない ₄	【厚い】　　　　　⇔薄い イ形 厚的

イ形容詞過去式：暑いかったです　　　　　(×)暑いでした
(禮貌體)　　暑くないかったです　　　　(×)暑くないでした
　　　　　　暑くないありませんでした

31 あっち₃	→あちら
	代［口］那個方向，那邊；那裡；那邊那個
32 あと₁	【後】 ⇔前（まえ）
	名 以後，之後

> 例 テストが終（お）わったあとでパーティーをします。
> （考試結束後要舉行派對）
> 例 またあとで来（き）ます。
> （我等一下會再來）

33 あなた₂	∞私（わたし）
	代 你
34 あに₁	【兄】 ☞家族①
	名 哥哥
35 あね₀	【姉】 ☞家族①
	名 姊姊

36 あの〜。	☆「あの人」　∽この、その
	連体 那〜，那個〜
37 あの。/あのう。	☆「あのう、すみません。」
	感 (發話前喚起注意) 嗯…
38 アパート2	"apartment house"
	名 公寓
39 あびる。 あびます3 あびて。 あびない。	【浴びる】　★「水を浴びる」 ☆「シャワーを浴びる」 他Ⅱ 淋，澆；沐浴
40 あぶない0,3 あぶなかった3 あぶなくて3 あぶなくない5	【危ない】 イ形 危險的
41 あまい。 あまかった2 あまくて2 あまくない4	【甘い】　∽辛い イ形 甜的，有甜味的

イ形容詞非過去式(禮貌體)：(肯定)危ないです
　　　　　　　　　　　　　　　(否定)危なくありません・危なくないです

42 あまり。	☆「あまり広くありません。」
	副 (接否定)不怎麼～，不太～
43 あめ₁ 【雨】	∞晴れ、曇り
	名 雨，雨天
44 あめ。 【飴】	
	名 糖果
45 アメリカ。 "America"	
	名 美國
46 あらう。 【洗う】 あらいます₄ あらって。 あらわない。	☆「顔を洗う」 他I 洗，清洗

● ありがとう・ございます/ました。

きのうはありがとうございました。(昨天真是謝謝你)
→ いいえ。(不會)

23

あ

47 ある₁	【在る】 ☆「辞書は机の上にある」
あります₃ あって₁ ありません(*)₄	⇔ない 自Ⅰ （無生物）位在， 座落 ∞いる

48 ある₁	【有る】 ☆「机の上に辞書がある」
あります₃ あって₁ ありません(*)₄	⇔ない 自Ⅰ （事物）存在；有，∞いる 具有；舉行

例 その家には広い庭があります。
（那棟房子裡有很寬敞的庭院）

例 あしたテストがあります。
（明天要舉行考試）

● ～てある ※接在他動詞後，表示動作結果存續

鈴木さんのかさに名前が書いてあります。
（鈴木小姐的傘上頭寫著名字）

49 あるく₂	【歩く】 ☆「歩いていく」
あるきます₄ あるいて₂ あるかない₃	∞走る 自Ⅰ 走，步行

50 あれ₀	∞これ、それ
	代 那，那個

在現代日語中，「ある」的普通體否定形由形容詞「ない」取代，但禮貌
體否定形仍是「ありません」。

51 あれ[1,2] /あれっ[1,2]	☆「あれ、鍵がない。」
	感 (驚奇或疑惑時)咦

あいうえお

52 いい[1]/よい[1]	⇔悪い →結構
よかった(*)[1] よくて(*)[1] よくない(*)[1~3]	イ形 好的，佳的；可以的，允 許的；足夠的，不需要

例 きょうは天気がいいです。
 (今天天氣很好)

例 今週は天気がよかった。
 (這個星期的天氣很好)

即時應答

ちょっとこれを見てくださいませんか。
 (你可以幫我看看這個嗎？)

→ はい、いいですよ。(好哇，沒問題)

形容詞「いい」沒有變化形，作「好的」解釋時，等同「よい」，必須借用「よい」作變化。

25

い

こちらは3000円です。(這邊這個是3000日圓)

→ ちょっと高いですね。じゃ、いいです。

(有點貴耶,那不需要了)

53 いいえ₃/いえ₂	⇔はい

感 (應答)不,不是

あれはあなたの本ですか。(那是你的書嗎?)

→ いいえ、ちがいます。(不,不是)

54 いう₀	【言う】
いいます₃ いって₀ いわない₀	他I 說,講;稱呼

例 大きな声で言ってください。
(請大聲說話)

例 これは何という食べ物ですか。
(這個食物叫做什麼?)

55 いえ₂	【家】	→うち
	名 房子;(自己的)家	

56 いかが₂	【如何】 →どう
	副 如何，怎麼樣

コーヒーを、いかがですか。(來杯咖啡如何？)

→ はい、いただきます。(好・我要享用)

57 いく₀ いきます₃ いって(*)₀ いかない₀	【行く】 ⇔来る
	自Ⅰ 去，前往

58 いくつ₁	【幾つ】 ☆「りんごはいくつ ありますか。」
	名 幾個，多少個；幾歲

妹さんはいくつですか。(你妹妹幾歲了？)

→ 19さいです。(19歲)

59 いくつか₁	【幾つか】
	名 若干個，幾個，一些

動詞「行く」的て形變化為 (○)「いって」，而不是 (×)「いいて」。

27

い

類義代換

全部（ぜんぶ）は要（い）りません。

＝いくつかは要ります。

60 いくら₁	【幾ら】 ☆「これはいくらですか。」
	名 多少錢，價格多少
61 いけ₂	【池】
	名 池子
62 いしゃ₀	【医者】
	名 醫生
63 いす₀	【椅子】 ∞ 机（つくえ）
	名 椅子
64 いそがしい₄ いそがしかった 3/4 いそがしくて 3/4 いそがしくない 3/4-6	【忙しい】 ⇔ 暇（ひま）
	イ形 忙碌的

忙しいから、新聞を読みません。

=新聞を読む時間がありません。

65 いたい₂	【痛い】	☆「頭が痛い」
いたかった₁/₂ いたくて₁/₂ いたくない₁/₂-₄	イ形 痛的，疼的	

● いただきます。

いただきます。(開動，那我就不客氣了)

※用於吃喝之前的用語

66 いち₂	【一】	☞数字
	名 (數字)1	

67 いちご₀,₁	【苺】	
	名 草莓	

68 いちど₃	【一度】	☆「もう一度言って ください。」
	名 一次	

69 いちにち₄	【一日】　　　　　　☞期間②
	名 一天；整天
70 いちばん₀	【一番】　☆「一番早く来ました。」
	副 最
71 いちばん₂	【一番】　☆「あなたが一番です。」
	名 (順序)1號；最好，最重要
72 いつ₁	【何時】　☆「パーティーはいつが いいですか。」
	代 何時，什麼時候
73 いつか₀	【五日】　　　　☞時間② 期間②
	名 五日，五號；5天
74 いっしょに₀	【一緒に】
	副 (行動)共同，一起

あしたいっしょにテニスを<u>しませんか</u>。
(明天要不要一起打網球?)
→ ええ、<u>しましょう</u>。(好・來打網球吧)

| 75 い<u>つ</u>₂ | 【五つ】 ☞助数詞① |
| | 名 5個;5歲 |

● いってきます。

行ってきます。(我出門囉)
　　　　　　　　　　　　　　※交待要出門時的用語

● いってらっしゃい。

行ってきます。(我走了)
→ 行ってらっしゃい。(請慢走)

| 76 い<u>つも</u>₁ | ☆「いつもここで<ruby>買<rt>か</rt></ruby>っています。」 |
| | 副 經常・總是 |

| 77 い<u>ぬ</u>₂ | 【犬】 |
| | 名 狗 |

い

78 いま₁	【今】 ☆「いま何時(なんじ)ですか。」
	名 現在，目前
79 いみ₁	【意味】 ☆「言葉(ことば)の意味」
	名 意思，含意
80 いもうと₄	【妹】 ☞家族①
	名 妹妹
81 いもうとさん₀	【妹さん】 ☞家族②
	名 [敬] 妹妹
82 いや₂ いやだった₂ いやで₂ いやで(は)ない₂₋₅	【嫌】 ⇔いい ∞嫌(きら)い ナ形 討厭，不樂意，不起勁

例 あしたも雨(あめ)?いやだなあ。
（明天也會下雨？真是討厭！）

例 あの女(おんな)の子(こ)はいやな顔(かお)をしています。
（那個女孩一臉的不情願）

ナ形容詞過去式：いやでした
（禮貌體） いやではありませんでした
いやではなかったです （×）いやではないでした

い

| 83 いや₁ | 【否】 →いいえ、ううん |
| | 感[口](應答)不，不是 |

| 84 いやあ/いやー₂ /いや₁ | ☆「いやー、楽しかった。」 |
| | 感(感嘆或驚奇時)呀，唉呀 |

● いらっしゃい(ませ)。

いらっしゃいませ。(歡迎光臨)
→ これを三つください。(請給我三個這個)

| 85 いりぐち。 | 【入り口】 ⇔出口 ∞入る |
| | 名 入口 |

類義代換

ここは出口です。入り口はあちらです。
＝あちらから入ってください。

| 86 いる。 いますₐ いて。 いない。 | 【居る】 ∞ある |
| | 自Ⅱ(人 生物)存在；位在 |

33

い

87 いる。	【要る】
いります₃ いって。 いらない。	自I 要，需要

88 いれる。	【入れる】☆「砂糖を紅茶に入れる」
いれます₃ いれて。 いれない。	⇔出す 他II 放入，置入；加入

例 ビールを冷蔵庫に入れます。
　（把啤酒放入冰箱）

例 次の文の＿＿には、何を入れますか。
　（下面文章的空格內要添入什麼？）

89 いろ₂	【色】
	名 顏色，色彩

あか₁	【赤】	紅色
あお₁	【青】	青色
くろ₁	【黒】	黑色
しろ₁	【白】	白色
みどり₁	【緑】	綠色
きいろ。	【黄色】	黃色
ちゃいろ。	【茶色】	茶色，褐色

90 いろいろ。	【色々】 ☆「いろいろある」
いろいろだった₅ いろいろで。 いろいろで(は)ない₅₋₇	ナ形副 各種，各式各様
91 インチ₁	"inch" /【吋】 ∞センチ
	名 英吋

あい**う**えお

92 ウイスキー₃,₂,₄	"whisky"
	名 威士忌酒
93 うーん/ううん。	→ええと
	感 (表遲疑) 嗯…

う

例	映画、来週のいつがいいですか。 (電影・你想下星期什麼時候去看?)
→	うーん、土曜日か日曜日がいいですよ。 (嗯…・星期六或星期日吧)

| 94 ううん₂ | →いいえ、いや |
| | 感 [口](應答)不,不是 |

| 95 うえ₀ | 【上】　　　　　　　　　　⇔下 |
| | 名 上方,上面 |

| 96 うし₀ | 【牛】 |
| | 名 牛 |

| 97 うしろ₀ | 【後ろ】　☆「車の後ろ」　⇔前 |
| | 名 背後;後面,後方 |

| 98 うすい₀
うすかった₂
うすくて₂
うすくない₄ | 【薄い】　　　　　　　　⇔厚い |
| | イ形 薄的 |

99 うた₂	【歌】
	名 歌，歌曲
100 うたう₀ うたいます₄ うたって₀ うたわない₀	【歌う】　　　　　　　☆「<ruby>歌<rt>うた</rt></ruby>を歌う」 他Ⅰ 唱，歌唱
101 うち₀	【家】　　　　　　　★「<ruby>私<rt>わたし</rt></ruby>のうち」 名 房子；(自己的)家
102 うつくしい₄ うつくしかった₃/₄ うつくしくて₃/₄ うつくしくない₃/₄-₆	【美しい】　　　　　　　→きれい イ形 美麗的，美妙的
103 うどん₀	【饂飩】 名 烏龍麵
104 うま₂	【馬】 名 馬

105 うまれる。 うまれます₄ うまれて。 うまれない。	【生まれる】 ⇔死ぬ 自II 出生，誕生
106 うみ₁	【海】 名 海，海洋
107 うりば。	【売り場】 名 賣場，售貨處
108 うる。 うります₃ うって。 うらない。	【売る】 ⇔買う 他I 賣，出售
109 うるさい₃ うるさかった₂/₃ うるさくて₂/₃ うるさくない₂/₃₋₅	☆「テレビの音がうるさい。」 イ形 吵雜的；囉唆的；煩人的
110 うわぎ。	【上着】 名 外衣；上衣

111 うん₁	→ はい、ええ
	感 [口] (應答) 嗯，是；好的
112 うんてん₀	【運転】　　☆「車を運転する」
	名 他Ⅲ 駕駛 (車船、飛機等)
113 うんどう₀	【運動】　　→ スポーツ
	名 自Ⅲ 運動，身體活動

> 例 何か運動をしていますか。
> (你有在做運動嗎？)
>
> → はい、テニスをしています。(是的・我有在打網球)

テニス₁	"tennis"	網球
ジョギング₀	"jogging"	慢跑
ピンポン₁	"ping-pong"	桌球，乒乓球
すいえい₀	【水泳】	游泳

あいう え お

え

114 え₁	【絵】	
	名 圖，畫	
115 え₁／えっ₁		
	感 (表不解、困惑) 咦	
116 エアコン₀	"air conditioner"	
	名 空調設備，冷暖氣機	
117 えいが₁,₀	【映画】	☆「映画を見る」
	名 電影	
118 えいがかん₃	【映画館】	
	名 電影院	

119 えいご₀	【英語】
	名 英語
120 ええ₁	→はい、うん
	感 (應答)嗯，是；好的
121 ええ₂	
	感 (驚訝或懷疑)咦，什麼
122 えーと/ええと₀ /えー₀ /えっと₀	→うーん
	感 (表思考如何發話)嗯…
例 あの、山田先生は…。(呃，山田老師呢?) → あ、今授業中です。えーと、3時に終わりますけど。(啊，現在正在上課，嗯，3點結束)	
123 えき₁	【駅】
	名 車站，火車站

え

124 えきまえ3,0	【駅前】
	名 車站前面，站前
125 エスカレーター4	"escalator"　∞エレベーター
	名 手扶梯
126 えらぶ2 えらびます4 えらんで2 えらばない3	【選ぶ】　☆「一つ選んで 　　　　　　ください。」 他I 選擇，選取
127 エレベーター3	"elevator"　∞エスカレーター
	名 電梯
128 えん1 /～えん	【円】　☞助数詞⑤ 名 日圓；～日圓
129 えんぴつ0	【鉛筆】　∞ペン、ボールペン
	名 鉛筆

あいうえお

130 お〜	【御〜】	☆お父さん → 御〜
	接頭 表尊敬、鄭重、謙遜之意	
131 おいしい 0,3	【美味しい】	⇔まずい
おいしかった 2/3 おいしくて 2/3 おいしくない 5	イ形 好吃的，美味的	
132 おいしゃさん 0	【お医者さん】	
	名 [敬] 醫生	
133 おおあめ 3	【大雨】	
	名 大雨	
134 おおい 1,2	【多い】	⇔少ない
おおかった 1 おおくて 1 おおくない 1-4	イ形 多的	

「おいしくて」「おいしかった」按照重音規則應該是③，但「しく」「しか」的「し」母音無聲化，所以重音前移至②，但新式發音則維持重音在③。 **43**

お

135 おおき[`]い₃ おおきかった 1/3 おおきくて 1/3 おおきくない 1/3-5̄	【大きい】 ☆「大きいかばん」 ⇔小さい 〔イ形〕 大的
136 おおきな〜₁	【大きな〜】 ☆「大きな声」 ⇔小さな 〔連体〕 大的〜
137 おおく₁	【多く】 ☆「多くの店」 〔名〕 許多，多數
138 おおぜい₃	【大勢】 ☆「部屋に人が大勢 いて暑いです。」 〔名〕 許多人
139 オートバイ₃	"日auto+bicycle" →バイク 〔名〕 摩托車，機車
140 おかあさん₂	【お母さん】 ☞家族② 〔名〕[敬]母親，媽媽

44 「おおきくて」「おおきかった」按照重音規則應該是③前移一位變成②，但「おお」為長音，所以重音會再前移，變成①。

| 141 おかえし。 | 【お返し】 →お釣り |
| | 名 找給客人的錢，零錢 |

| 例 700円ですね。これでおねがいします。 |
| （是700日圓吧，麻煩你，我用這張(鈔票)支付） |
| はい、1000円ですね。300円のお返しです。 |
| （好的，收您1000日圓，找您300日圓） |

● おかえり・なさい。

ただいま。(我回來了) ※用於問候外出
→ お帰りなさい。(你回來啦) 返回者的用語

| 142 おかし₂ | 【お菓子】 →菓子 |
| | 名 糕點，糖果餅乾 |

| 143 おかね。 | 【お金】 →金 |
| | 名 錢，金錢 |

| 144 おきゃくさん。 | 【お客さん】 |
| | 名 [敬] 客人，賓客；顧客 |

お

145 お^きる₂ おきます₃ おきて₁ おきない₂	【起きる】　☆「今朝7時に起きました。」 自II 起床　　　　　⇔寝る
146 お^く₀ おきます₃ おいて₀ おかない₀	【置く】 他I 放置
147 お^く₁	【億】　　　　　　☞数字 名（數字）億
148 お^くさん₁	【奥さん】 名 [敬]（他人的）夫人， （稱呼已婚婦人）太太

● （では）おげんきで。

では、お元気で。(那麼，請您保重)

　　　　　※常見於告別或書信結尾的用語

● おげんきですか。

お元気ですか。(您過得好嗎？)

　　　　　※用於問候久未見面的友人

お

149 おさけ。	【お酒】 →酒 图 (廣義)酒；(狭義)日本酒
150 おさら。	【お皿】 →皿 图 盤子，碟子
151 おじ。	【伯父/叔父】 ⇔おば 图 伯，叔，舅，姑丈，姨丈

類義代換

おじは65さいです。
＝母の兄は65さいです。

152 おじいさん₂	☞家族② 图 [敬]祖父，外公；老爺爺
153 おしえる。 おしえます₄ おしえて。 おしえない。	【教える】 ☆「名前を教えて。」 ⇔習う 他Ⅱ 教導；告訴

お

> Aさんは Bさんに 英語を教えました。
> ＝Bさんは Aさんに 英語を習いました。

154 おじさん。	【伯父さん/叔父さん】 ⇔おばさん
	名 [敬] 伯，叔，舅，姑丈，姨丈
155 おす。 おします₃ おして。 おさない。	【押す】 ☆「ボタンを押す」
	他I 按，壓
156 おすし₂	【御寿司/御鮨】 →すし
	名 壽司
157 おそい。 おそかった₂ おそくて₂ おそくない₄	【遅い】 ⇔早い、速い
	イ形 晚的；慢的
158 おちゃ。	【お茶】 ☆「お茶を飲む」
	名 茶

159 おつり。	【お釣り】 →お返し_{かえ}
	图 找回的錢，零錢
160 おてあらい₃	【お手洗い】 →トイレ
	图 洗手間，廁所

類義代換

お手洗い_{て あら}はあちらです。
＝トイレはあちらにあります。

161 おと₂	【音】 ∞声_{こえ}
	图 聲音，聲響
162 おとうさん₂	【お父さん】 ☞家族②
	图 [敬]父親，爸爸
163 おとうと₄	【弟】 ☞家族①
	图 弟弟

お

164 おとうとさん。	【弟さん】	☞家族②
	名 [敬] 弟弟	
165 おとこ₃	【男】	⇔女
	名 男性；男子	
166 おとこのこ₃	【男の子】	⇔女の子
	名 男孩	
167 おとこのひと₆	【男の人】	⇔女の人
	名 男子，男人	
168 おととい₃		☞時間①
	名 前天	
169 おととし₂		☞時間①
	名 前年	

おととし旅行しました。
=旅行は2年前です。

170 おとな。	【大人】　　　　　　　⇔子供 名 大人，成年人
171 おなか。	【お腹】 名 肚子，腹部
172 おなじ。 おなじだった4 おなじで。 おなじで(は)ない4-6	【同じ】　☆「同じ形」　⇔違う ナ形 相同，一樣
173 おにいさん2	【お兄さん】　　　　☞家族② 名 [敬] 哥哥
174 おにぎり2	【お握り】 名 飯糰

「同じ」是特殊ナ形容詞，後接名詞時一般省略「な」→「同じ形」，只有
在後面跟著助詞「の」「ので」「のに」時才作「同じな～」。

お

175 お**ね**えさん₂	【お姉さん】 ☞家族②
	名 [敬] 姉姉

● **おねがい・します。**

私が掃除をしましょうか。(我來打掃吧)
→ ええ、お願いします。(好的・那拜託你了)

176 お**ば**。	【伯母/叔母】 ⇔おじ
	名 伯母，嬸嬸，舅媽， 姑姑，阿姨

177 お**ば**あさん₂	☞家族②
	名 [敬] 祖母，外婆；老婆婆

178 お**ば**さん。	【伯母さん/叔母さん】⇔おじさん
	名 [敬] 伯母，嬸嬸，舅媽， 姑姑，阿姨

類義代換

木村さんのおばさんはあの人です。
＝木村さんのお母さんの妹さんはあの人です。

179 おは̄し₂	【お箸】	→箸 ^{はし}
	名 筷子	

● おはよう・ございます。

先生、おはようございます。(老師・早安)
_{せんせい}

→ おはよう。(早)

---

180 おひる₂	【お昼】	→昼 ^{ひる}
	名 中午，正午	

---

181 おふろ₂	【お風呂】	→風呂 ^{ふ ろ}
	名 浴室；澡盆，浴池	

例	毎日お風呂に入ります。 _{まいにち} _{はい} (每天洗澡)
例	ゆうべお風呂に入らないで寝ました。 _ね (昨晚沒洗澡就睡了)

---

182 おべんとう₀	【お弁当】	→弁当 ^{べんとう}
	名 便當	

お

183 おぼえる₃	【覚える】	⇔忘れる
おぼえます₄ おぼえて₂ おぼえない₃	他Ⅱ 默記；記住，記得	

例 新しい言葉を覚えます。
（默記新字）

例 その本をどこで買ったか覚えていますか。
（你記得那本書是在哪裡買的嗎？）

184 おまわりさん₂	【お巡りさん】	→警官
	名 [敬]（尤指基層）警察先生	

● おめでとう・ございます。

お誕生日おめでとうございます。（恭喜你生日）

→ ありがとうございます。（謝謝）

185 おもい₀	【重い】	⇔軽い
おもかった₂ おもくて₂ おもくない₄	イ形 （重量）重的； （病情等程度）重大的	

この辞書は厚くて重いです。　　　反義對照
その辞書は薄くて軽いです。
（這本字典厚且重）（那本字典薄而輕）

186 おもしろい4	【面白い】 ⇔つまらない
おもしろかった3/4 おもしろくて3/4 おもしろくない3/4-6	イ形 有趣的

187 おもちゃ2	【玩具】
	名 玩具

● おやすみ・なさい。

お休みなさい。（晩安，請好好休息）

※晚上睡覺前，或夜晚用於告別的用語

188 およぐ2	【泳ぐ】 ☆「プールで泳ぐ」
およぎます4 およいで2 およがない3	自I 游泳

189 おりる2	【降りる】 ☆「バスを降りる」 ⇔乗る
おります3 おりて1 おりない2	自II （從交通工具）下來

190 おりる2	【下りる】 ☆「階段を下りる」 ⇔上る、登る
おります3 おりて1 おりない2	自II （從高處）下來

191 オレンジ₂	"orange" ☆「オレンジジュース」
	名 柳橙，柳丁
192 おわり₀	【終わり】　　　　⇔始め
	名 結束，末尾
193 おわる₀ おわります₄ おわって₀ おわらない₀	【終わる】　⇔始まる、始める 自他I 結束，終了
例 映画は何時に終わりますか。 　（電影幾點會結束？） 例 これで聴解の試験を終わります。 　（聽解測驗到此結束）	
194 おんがく₁	【音楽】
	名 音樂
195 おんな₃	【女】　　　　　⇔男
	名 女性；女子

196 おんなのこ₃	【女の子】 おとこ こ ⇔男の子
	名 女孩
197 おんなのひと₆	【女の人】 おとこ ひと ⇔男の人
	名 女子，女人

か きくけこ

か

198 か₁ /〜か	【課】 名 課（教科書等的章節）； （第）〜課
199 〜が	 助 表示轉折；提示前言； 置於句尾緩和語氣
例 山田さんはテニスはしますが、ゴルフはしません。 （山田小姐打網球，但是不打高爾夫球） 例 今から行きますが、そちらまでどのぐらいかかりますか。（我現在就過去，到你那兒要多久的時間？）	
200 カーテン₁	"curtain" ☆「カーテンを開ける」 名 窗簾
201 カード₁	"card" 名 卡片；信用卡，金融卡等

202 ～かい	【～回】	☞助数詞⑤
	接尾 ～回，～次	
203 ～かい	【～階】	☞助数詞⑤
	接尾 ～樓	
204 かいぎ₁,₃	【会議】	☆「3時に会議がある」
	名 會議	
205 がいこく₀	【外国】	
	名 外國	
206 がいこくご₀	【外国語】	
	名 外國話，外語	
207 がいこくじん₄	【外国人】	
	名 外國人	

か

208 かいしゃ₀ /〜がいしゃ	【会社】　　☆「会社へ行く」 　　　　　☆「旅行会社」 名 公司；〜公司
209 かいだん₀	【階段】 名 階梯，樓梯
△ 210 かいとうようし₅	【解答用紙】 名 答案卷，答題用卷
211 かいもの₀	【買い物】　☆「買い物に行く」 　　　　☆「買い物をする」 名 自Ⅲ 購物，買東西
212 かう₀ かいます₃ かって₀ かわない₀	【買う】　　　　　　⇔売る 他Ⅰ 買，購買
213 かえす₁ かえします₄ かえして₁ かえさない₃	【返す】　☆「図書館に本を返す」 　　　　　　　　⇔借りる 他Ⅰ 還，歸還

△「解答用紙」是日本語能力試驗聽解測驗中，以日文講解解題方法時會出現的字彙。

類義代換

（ヤンさんへ）あした借りた本を持ってきます。
＝あしたヤンさんに本を返します。

214 かえる₁	【帰る】 ⇔出かける
かえります₄ かえって₁ かえらない₃	自I 回家，回去，回來
215 かえる₀	【変える】 ☆「寝る時間を変える」
かえます₃ かえて₀ かえない₀	他II 變更，改變，更動
216 かお₀	【顔】
	名 臉

め₁	【目】	眼睛
くち₀	【口】	嘴巴
は₁	【歯】	牙齒
はな₀	【鼻】	鼻子
みみ₂	【耳】	耳朵
かみ₂	【髪】	頭髮
かみのけ₃	【髪の毛】	頭髮

か

217 かかる₂ かかります₄ かかって₂ からない₃	★「時間がかかる」 自Ⅰ (時間、金錢上)花費，需要
218 かぎ₂	【鍵】 名 鑰匙
219 かきかた₃,₄	【書き方】　☆「漢字の書き方」 名 寫法
220 かく₁ かきます₃ かいて₁ かかない₂	【書く】　☆「名前を書く」 他Ⅰ 寫，書寫
221 かく₁ かきます₃ かいて₁ かかない₂	【描く】　☆「絵を描く」 他Ⅰ 繪圖，畫
222 がくせい₀	【学生】　∞生徒 名 學生

223 ～かげつ	【～か月】	☞期間②
	接尾 ～個月	
224 かける₂ かけます₃ かけて₁ かけない₂	【掛ける】 ★「眼鏡をかける」	
	他Ⅱ 戴上，掛上(眼鏡)	
225 かける₂ かけます₃ かけて₁ かけない₂	【掛ける】 ★「電話をかける」	
	他Ⅱ 打(電話)	
226 かさ₁	【傘】	
	名 傘	
227 かし₁	【菓子】	→お菓子
	名 糕點，糖果餅乾	
228 かす₀ かします₃ かして₀ かさない₀	【貸す】	⇔借りる
	他Ⅰ 借人，出借	

例 すみません、辞書を貸してください。 （對不起・字典借我）		
→ はい、いいですよ。 （好哇・可以）		

類義代換

この本を貸してください。
＝この本を借りたいです。

229 かぜ。	【風】	☆「風が吹く」
	名 風	
230 かぜ。	【風邪】	☆「風邪を引く」
	名 感冒	
231 かぞく₁	【家族】	
	名 家人・家族	

類義代換

私の家族は母と兄と私の３人です。
＝私は３人家族です。

232 かた₂	【方】	★「この方」
	名 [敬]人	
233 〜かた	【方】	☆「鍵の開け方」
	接尾 〜方法	
かきかた₃,₄ よみかた₄,₃ つくりかた₅,₄	【書き方】 寫法 【読み方】 讀法，唸法 【作り方】 做法	
234 かたかな₃,₂ /カタカナ₃,₂	【片仮名】	∞ひらがな
	名 片假名	
235 かたち₀	【形】	
	名 形狀，樣子；形式	
236 かちょう₀	【課長】	
	名 課長，科長	

か

か

237 ～がつ	【～月】 ☞時間②
	接尾 ～月
238 がっこう。	【学校】 ☆「英語の学校」
	名 學校；學習機構
239 カップ₁	"cup" ☆「コーヒーカップ」 →コップ
	名 有把手的杯子(咖啡杯、紅茶杯等)
240 かてい。	【家庭】
	名 家庭
241 かど₁	【角】 ☆「この角を右に曲がってください。」
	名 道路轉角；稜角
242 かね。	【金】 →お金
	名 錢，金錢

243 かばん₀	【鞄】
	名 皮包，包包
244 かびん₀	【花瓶】
	名 花瓶
245 かぶる₂ かぶります₄ かぶって₂ かぶらない₃	【被る】　☆「帽子^{ぼうし}をかぶる」
	他I 戴(帽子)
246 かべ₀	【壁】
	名 牆壁
247 かみ₂	【紙】
	名 紙，紙張
248 かみ₂	【髪】　☆「長^{なが}い髪」
	名 頭髮

か

249 **かみのけ**₃	【髪の毛】　　☆「髪の毛が長い」
	名 頭髮
250 **カメラ**₁	"camera"
	名 相機
251 **～かもしれない**	【～かも知れない】
	連語 也許～，說不定～
例 雨が降るかもしれませんから、 傘を忘れないでください。 (可能會下雨，所以不要忘了帶傘)	
252 **かようび**₂	【火曜日】　　☞時間③
	名 星期二
253 **～から**	→ので
	助 表示(主觀)原因、理由； 表示時間或空間起點

254 **か**ら｀い₂ からかった 1/2 からくて 1/2 からくない 1/2-4	【辛い】　　　　　　　∞甘い イ形 辣的
255 **カ**ラオケ₀	☆「カラオケに行く」 名 卡拉ok
256 **ガ**ラス₀	"荷glas" 名 玻璃
257 **か**らだ₀	【体】 名 身體
258 **か**りる₀ かります₃ かりて₀ かりない₀	【借りる】　　　⇔貸す、返す 他Ⅱ 借(入)，借用

類義代換

AさんはBさんに車を借りました。
＝BさんはAさんに車を貸しました。

か

	何と言う？
（この辞書を借りたいです。）	

☞ この辞書を貸してください。

259 かるい₀	【軽い】 ⇔ 重い
かるかった₂ かるくて₂ かるくない₄	イ形 （重量等）輕的； （傷勢等）輕微的
260 カレー₀	"curry"
	名 咖哩
261 カレンダー₂	"calendar"
	名 日曆，月曆
262 かわ₂	【川／河】
	名 河川
263 ～がわ	【～側】 ☆「左側」
	名 ～側，～方

か

264 かわいい3 かわいかった 2/3 かわいくて 2/3 かわいくない 2/3-5	【可愛い】 イ形 可愛的
265 かんがえる4,3 かんがえます 5 かんがえて 3 かんがえない 4	【考える】 他II 思考，考慮
266 かんじ0	【漢字】　　∞ひらがな、カタカナ 名 漢字
267 かんたん0 かんたんだった 5 かんたんで 0 かんたんで(は)ない 5-7	【簡単】　　⇔難しい 　　　　→易しい ナ形 名 簡単
268 がんばる3 がんばります 5 がんばって 3 がんばらない 4	【頑張る】　☆「頑張ってください。」 自I 努力，奮闘

か

か き くけこ

269	き₁	【木】
		名 樹木；木頭
270	きいろ₀	【黄色】
		名 黄色
271	きいろい₀	【黄色い】
	きいろかった₃ きいろくて₃ きいろくない₅	イ形 黄色的
272	きえる₀	【消える】　　　∞消す
	きえます₃ きえて₀ きえない₀	自Ⅱ 熄滅；消失
273	きかい₂	【機械】
		名 機器，機械

274 き<u>く</u>₀	【聞く】 ☆「道を聞く」
ききます₃ きいて₀ きかない₀	→ 聴く 他Ⅰ 聽;詢問

例 日本の音楽はあまり聞きません。 （我很少聽日本的音樂） 例 女の子が友だちからの電話を聞いています。 （女孩正在聽朋友打來的電話）

275 き<u>く</u>₀	【聴く】 ☆「音楽を聴く」
ききます₃ きいて₀ きかない₀	他Ⅰ 聆聽，傾聽

276 きこえる₀	【聞こえる】 ☆「音が聞こえる」
きこえます₄ きこえて₀ きこえない₀	自Ⅱ 聽見，聽得見

277 きしや₂,₁	【汽車】 ∞電車
	名 火車

278 きた₀,₂	【北】 ∞東、西、南
	名 北，北方

き

279 ギター₁	"guitar" ☆「ギターを弾く」
	名 吉他
280 きたない₃	【汚い】 ⇔きれい
きたかった ₂/₃ きたなくて ₂/₃ きたなくない ₂/₃-₅	イ形 髒的；雜亂的
281 きっさてん₀,₃	【喫茶店】
	名 咖啡店

パン₁	"葡pão"	麵包
ケーキ₁	"cake"	蛋糕
サンドイッチ₄	"sandwich"	三明治
コーヒー₃	"荷koffie"	咖啡
こうちゃ₀	【紅茶】	紅茶
ジュース₁	"juice"	果汁
アイスクリーム₅	"ice cream"	冰淇淋

| 282 きって₀,₃ | 【切手】 |
| | 名 郵票 |

き

283 きっぷ。	【切符】 名 票(通常指車票)
284 きのう₂	【昨日】　　　　　　☞時間① 名 昨天
285 きもの。	【着物】 名 和服；衣服
286 キャベツ₁	"cabbage" 名 高麗菜
287 きゅう₁	【九】　☆「3時9分」☞数字 名 (數字)9
288 ぎゅうにく。	【牛肉】 名 牛肉

289 ぎゅうにゅう。	【牛乳】
	名 牛奶，純鮮奶
290 きゅうり₁	『胡瓜』
	名 小黃瓜
291 きょう₁	【今日】 ☞時間①
	名 今天
292 きょうしつ。	【教室】 ☆「テニス教室」
	名 教室；(機構)才藝教室
293 きょうだい₁	【兄弟】
	名 兄弟姊妹

即時應答

きょうだいはいますか。(你有兄弟姊妹嗎?)

→ はい、兄がふたりいます。(有，我有兩個哥哥)

294 きょねん₁	【去年】	☞時間①
	名 去年	

295 きらい₀	【嫌い】	⇔好き
きらいだった₄ きらいで₀ きらいで(は)ない₄₋₆	ナ形 討厭，不喜歡	

296 きる₁	【切る】	☆「パンを切る」
きります₃ きって₁ きらない₂	他Ⅰ 切，割，砍，剪	

297 きる₀	【着る】	⇔脱ぐ
きます₂ きて₀ きない₀	他Ⅱ 穿(衣服)	

298 きれい₁	【綺麗】	⇔汚い
きれいだった₁ きれいで₁ きれいで(は)ない₁₋₆	ナ形 美麗；潔淨，整潔； (聲音、影像)澄淨	

例 4月は花がきれいです。
(4月的花很美麗)

例 きょうは天気がよくて、空がきれいだ。
(今天天氣很好，天空很清澈)

> 【類義代換】
> この水_{みず}はきれいです。
> ＝この水は汚くないです。_{きたな}

299 キロ₁ /キログラム₃	"法kilogramme"	∞グラム
	名 公斤	
300 キロ₁ /キロメートル₃	"法kilomètre"	∞メートル
	名 公里	
301 ぎんこう₀	【銀行】	
	名 銀行	

> 【類義代換】
> この建物_{たてもの}は銀行です。
> ＝ここでお金_{かね}を出します。_だ

302 きんようび₃	【金曜日】	☞時間③
	名 星期五	

かき**く**けこ

303 く[1]	【九】 ☆9時[じ] ☞数字	
	名(數字)9	
304 くうこう[0]	【空港】	
	名(商用)機場	
305 くさ[2]	【草】	
	名 草	
306 くすり[0]	【薬】 ☆「薬[くすり]を飲[の]む」	
	名 藥	

● ～ください。／～てください。

- すみません、お水[みず]をください。(對不起，請給我水)
- じしょを貸[か]してください。(請借給我字典)

307 くだもの₂	【果物】	∞野菜 やさい
	名 水果	
りんご₀	【林檎】	蘋果
みかん₁	【蜜柑】	橘子
バナナ₁	"banana"	香蕉
ぶどう₀	【葡萄】	葡萄
なし₂,₀	【梨】	梨子
いちご₀	【苺】	草莓
メロン₁	"melon"	哈密瓜
すいか₀	【西瓜】	西瓜
もも₀	【桃】	桃子
オレンジ₂	"orange"	柳橙，柳丁

308 くち₀	【口】	
	名 嘴巴	

309 くつ₂	【靴】	★「靴を履く」は
	名 鞋子	

310 く⌐した2,4	【靴下】　　　　☆「靴下を履く」
	名 襪子
311 く⌐に0	【国】　　　☆「北の国で生まれ ました。」
	名 國家；故郷

お国はとちらですか。(您的國家是哪裡?)

→ アメリカです。(美國)

312 く⌐も1	【雲】
	名 雲
313 く⌐もり3	【曇り】　　　　∞ 晴れ、雨
	名 陰天
314 く⌐もる2 くもります4 くもって2 くもらない3	【曇る】　　　　∞ 晴れる
	自I (天空)陰，變陰天

315 くらい。 くらかった₂ くらくて₂ くらくない₄	【暗い】　　　　　⇔明るい イ形 (光線、色彩)暗的
316 ～くらい /～ぐらい	☆「千円ぐらい」 助 大約～，～左右
317 クラス₁	"class"　　　☆「クラスの学生」 名 班，班級
318 グラス₀,₁	"glass" 名 (高級)玻璃杯；洋酒杯
319 クラスメート₄	"classmate" 名 同班同學
320 グラム₁	"法gramme"　　∞キログラム 名 公克

321 クリスマス₃	"Christmas"
	名 聖誕節
322 くる₁ *きます₂ *きて₁ *こない₁	【来る】 ⇔行く
	自Ⅲ 來，前來，過來
323 くるま₀	【車】
	名 車子
324 くれる₀ くれます₃ くれて₀ くれない₀	【呉れる】 ⇔もらう
	他Ⅱ 給，送(我)

類義代換

そのねこは誕生日に父がくれました。
＝そのねこは誕生日に父にもらいました。

● ～てくれる　　※前接動詞，表示對方為我做～

そこのテーブルの下の本を取ってくれませんか。
（你可以拿那邊桌子下面的書給我嗎？）

「来る」是特殊動詞，作活用形時，語幹會變化。

け

325 くろ₁	【黒】 ⇔白(しろ)
	名 黒色
326 くろい₂ くろかった 1/2 くろくて 1/2 くろくない 1/2-4	【黒い】 ⇔白い(しろ)
	イ形 黒色的

かきくけこ

327 け₀	【毛】 ★「髪(かみ)の毛」
	名 毛髪
328 けいかん₀	【警官】 →お巡(まわ)りさん
	名 警官

329 ケーキ₁	"cake"	∞ パン
	名 蛋糕	
330 けさ₁	【今朝】	☞時間①
	名 今天早上	
331 けしゴム₀	【消しゴム】"消し+荷gom"	
	名 橡皮擦	
332 けす₀ けします₃ けして₀ けさない₀	【消す】 ☆「テレビを消す」 ⇔つける 他Ⅰ 弄熄(火)；關(燈、電器)	

類義代換

私はいつも電気を消して寝ます。

＝私はいつも部屋を暗くして寝ます。

333 けっこう₁	【結構】	→いい
けっこうだった₁ けっこうで₁ けっこうで(は)ない₁₋₇	ナ形 好的，可以，可行； 足夠，不需要	

け

		即時應答
飲み物はお茶でいいですか。 （飲料喝茶可以嗎？） → はい、けっこうです。（好的・可以）		

		即時應答
ご飯をもう一杯いかがですか。 （再來一碗飯怎麼樣？） → いいえ、けっこうです。（不・我夠了）		

334	けっこう₁	【結構】　　　　☆「結構涼しい」
		副 相當，頗，滿

335	けっこん₀	【結婚】　　　　　☆結婚する
		名 自Ⅲ 結婚

336	げつようび₃	【月曜日】　　　　☞時間③
		名 星期一

337	けど₁/けれども₁ /けれど₁ /けども₁	☆「おいしいけど、辛いです。」
		助［口］置於句尾緩和語氣； 表示轉折；提示前言

例 車のかぎ、見た？ （你有看到車子的鑰匙嗎？） → さっき、テーブルの上にあったけど。 （剛剛還在桌上的…）	

338 げんかん₁	【玄関】 名 玄關，正門口
339 げんき₁ げんきだった₁ げんきで₁ げんきで(は)ない₁₋₆	【元気】　　☆「お元気ですか。」 名 元氣，精力 ナ形 有精神，有活力
△ 340 げんごちしき₄	【言語知識】 名 語言知識

△「言語知識」是日本語能力試驗其中一項考試科目。

かきくけこ

こ

341 ～こ	【～個】	☞助数詞②
	接尾 ～個	
342 ご～	【御～】	☆ご主人、ご両親 →お～
	接頭 表尊敬、鄭重、謙遜之意	
343 ご₁	【五】	☞数字
	名 （數字）5	
344 ～ご	【～語】	☆日本語
	名 ～語，～語言	
△ **345** ごい₁	【語彙】	
	名 語彙，字彙	

△「語彙」是日本語能力試驗「言語知識」考科的一個項目。

346 こう。	☆「こうですか。」
	副 這麼，這樣
347 こうえん。	【公園】
	名 公園
348 こうこう。	【高校】　　　　　　_{こうとうがっこう} →高等学校
	名 高中
349 こうこうせい₃	【高校生】
	名 高中生
350 こうさてん₀,₃	【交差点】　　　　　　_{しんごう} ∞信号
	名 交叉路口，十字路口
351 こうちゃ。	【紅茶】
	名 紅茶

352 こうとうがっこう₅	【高等学校】 →高校 (こうこう)
	图 高中
353 こうばん₀	【交番】
	图 派出所
354 こえ₁	【声】 ∞音 (おと)
	图 (人或動物的)聲音
355 コート₁	"coat"
	图 外套
356 コーヒー₃	"荷koffie"
	图 咖啡
357 ここ₀	∞そこ、あそこ
	代 這裡；這一點

358 ごくごぞん₁	【午後】	こぜん ⇔午前
	名 下午	

359 ここのか₄	【九日】	☞時間② 期間②
	名 九日，九號；9天	

360 ここのつ₂	【九つ】	☞助数詞①
	名 9個；9歳	

361 ごぜん₁	【午前】	ここ ⇔午後
	名 上午	

362 こたえ₂,₃	【答え】	☆「正しい答え」
	名 回答；答案	

363 こたえる₃,₂ こたえます₄ こたえて₂ こたえない₃	【答える】	
	自Ⅱ 回答，答覆	

● **ごちそうさま・でした。**

ご馳走様でした。(謝謝款待，我吃飽了)

※ 用於感謝飽食一餐時的用語

---

364 こちら。	∞ そちら、あちら
	代 這個方向，這邊；這裡；這邊這個；這位；我(這裡)

例 先生の部屋はこちらです。
(老師的房間在這邊)

例 こちらはスミスさんです。
(這位是Smith小姐)

● **こちらこそ。**

はじめまして、どうぞよろしく。(初次見面・請多指教)

→ こちらこそ。(我才是要請您多指教)

---

365 こっち₃	∞ そっち、あっち
	代 [口] 這個方向，這邊；這裡；這邊這個；我這裡，我

366 コップ。	"荷kop" → カップ
	名 沒有把手的杯子(水杯、玻璃杯等)

367 こと₂	【事】	☆「好きなこと」
	名 事情	
368 ことし₀	【今年】	☞時間①
	名 今年	
369 ことば₃	【言葉】	☆「日本語の言葉」
	名 話語，字，言詞	
370 こども₀	【子供】	⇔大人
	名 兒童；子女，小孩	
371 この〜₀		∽その、あの
	連体 這〜，這個〜	
372 このあと₃	【この後】	☆「このあと何を しますか。」
	連語 在這之後，接下來	

373 このように₃	☆「このように書きます。」
	副 像這樣
374 ごはん₁	【御飯】
	名 米飯，飯菜；吃飯，用餐
例 あしたの朝はパンにしますか、ご飯にしますか。 （明天早上你要吃麵包還是飯？） 例 ごはんですよ。 （吃飯囉）	
375 コピー₁	"copy"　　☆コピーする
	他Ⅲ 影印，拷貝 名 複製的資料
376 こまる₂ こまります₄ こまって₂ こまらない₃	【困る】☆「お金がなくて困っています。」
	自Ⅰ 感到困擾，為難
377 ごみ₂	【塵/芥】
	名 垃圾

● ごめんください。

ごめんください。(打擾了，有人在嗎？)

※用於拜訪時，請求應門的用語

● ごめん・なさい。

遅くなってごめんなさい。(我遲到了，對不起)

※熟人、平輩，或非正式場合的道歉用語

378 ごりょうしん₂	【御両親】
	名 [敬] (他人的)雙親
379 ゴルフ₁	"golf"
	名 高爾夫球
380 これ。	∞それ、あれ
	代 這個，此

例 これは日本語の辞書で、あれは英語の辞書です。
(這是日語辭典，那是英語辭典)

例 きょうはこれで授業を終わりましょう。
(今天課就上到這裡結束吧)

こ

381 これから。	
	連語 接下來，接著，從現在起
例 これからだんだん暑くなります。 (接下來天氣會愈來愈熱)	
例 これから買い物に出かけます。 (我現在要出門去買東西)	
382 ごろ₁	【頃】　　　　☆「子供の頃」
	名 時候，時期
383 ～ごろ	【～頃】　　　☆「3時ごろ」
	接尾 (時間)～左右，～前後
384 こんげつ。	【今月】　　　　☞時間①
	名 本月
385 こんしゅう。	【今週】　　　　☞時間①
	名 本週

386 こんな～₀	
	連体 這樣的～

例 お昼ごはん、もう食べましたか。
（午飯吃過了沒？）
→ あっ、もうこんな時間ですか。
（啊，已經是這個時間了啊）

● こんにちは。

こんにちは。(日安・你好)

※白天除了清晨以外的見面問候語

387 こんばん₁	【今晩】 ☞時間①
	名 今晩

● こんばんは。

こんばんは。(晚安)

※天黑後的見面問候語

388 コンビニ₀ /コンビニエン ススト₋ア₉	"convenience store"
	名 超商，便利商店

さ しすせそ

389 さあ₁/さ₁	☆「さあ、行きましょう。」
	感 (催促)來吧，喂； (遲疑)嗯…
390 ～さい	【～歳】　　　☞助数詞②
	接尾 ～歲
391 サイズ₁	"size"
	名 尺吋
392 さいふ₀	【財布】
	名 錢包
393 さがす₀ さがします₄ さがして₀ さがさない₀	【探す】　　☆「財布を探す」
	他I 尋找，找

394 さ<u>か</u>な。	【魚】 名 魚
395 さ<u>き</u>に。	【先に】　☆「きょうは先に帰り ます。」 副（時間、順序）先
396 さ<u>く</u>。 さきます₃ さいて。 さかない。	【咲く】　☆「花が咲く」 自Ⅰ（花）開
397 さ<u>く</u>ぶん。	【作文】　☆作文する 名 自Ⅲ 作文
398 さ<u>く</u>ら。	【桜】 名 櫻花，櫻花樹
399 さ<u>け</u>。	【酒】　→お酒 名（廣義）酒；（狹義）日本酒

400 さしみ₃	【刺身】	
	名 生魚片	
401 さす₁ さします₃ さして₁ ささない₂	【差す】	★「傘を差す」
	他Ⅰ 撐(傘)	
402 ～さつ	【～冊】	☞助数詞③
	接尾 ～冊，～本	
403 サッカー₁	"soccer"	
	名 足球	
404 さっき₁	【先】	☆「ヤンさんはさっき帰り ました。」
	副 剛剛，不久前	

例 山本さんは？
(山本先生呢？)
→ さっき帰ったけど。
(剛剛回去了)

405 ざっし。	【雑誌】
	名 雜誌
406 さとう₂	【砂糖】
	名 糖，砂糖
407 さびしい₃	【寂しい】
さびしかった ₂/₃ さびしくて ₂/₃ さびしくない ₂/₃-₅	イ形 寂寞的
408 さむい₂	【寒い】　　　　　⇔暑い
さむかった ₁/₂ さむくて ₁/₂ さむくない ₁/₂-₄	イ形 (氣候)寒冷的

● さよなら。/ さようなら。

さようなら。またあした。(再會・明天見)

※任何時候的道別用語

409 さら。	【皿】　→おさら　☞助数詞⑥
/～さら	名 盤子，碟子
	接尾 (菜餚)～盤，～碟

410 さ́らいげつ2,0	【再来月】	☞時間①
	名 下下個月	
411 さ́らいしゅう0	【再来週】	☞時間①
	名 下下星期	
412 さ́らいねん0	【再来年】	☞時間①
	名 後年	

類義代換

いま2011年です。再来年外国に行きます。
＝2013年に外国に行きます。

413 サ́ラダ1	"salad"
	名 沙拉
414 サ́ラリーマン3	"salaried man"
	名 上班族，領薪族

415 さる₁	【猿】 名 猴子
416 ～さん	☆「鈴木さん」 接尾 [敬] ～先生，～小姐
417 さん₀	【三】　　　　　　☞数字 名 (數字) 3
418 サンドイッチ₄	"sandwich" 名 三明治
419 ざんねん₃ ざんねんだった₃ ざんねんで₃ ざんねんで(は)ない₃₋₇	【残念】 ナ形 名 遺憾，可惜
420 さんぽ₀	【散歩】　　　　☆散歩する 名 自Ⅲ 散步

さしすせそ

421 し₁	【四】　　　　　　　☞数字
	名（數字）4
422 ～じ	【～時】　　　　　☞時間④
	接尾 ～點鐘
423 シーディー₃	"CD"
	名 CD光碟
424 しお₂	【塩】
	名 鹽
425 ～しか	☆「コーヒーしかありません。」
	助（後文搭配否定）僅有～

426 しかし₂	→でも
	接続 但是，然而
427 じかん。	【時間】
	名 時間

即時應答
すみません。今、時間ありますか。
(抱歉，你現在有時間嗎？)
→ ええ、何でしょう。(嗯，有什麼事嗎？)

428 〜じかん	【〜時間】 ☞期間①
	接尾 〜個小時
429 しけん₂	【試験】 →テスト
	名 考試；測試
430 じこしょうかい₃	【自己紹介】 ☆「自己紹介を します。」
	名 自Ⅲ 自我介紹

し

し

| 431 しごと₀ | 【仕事】 |
| | 名 工作，差事；職業 |

432 じしょ₁	【辞書】 ☆「辞書を引く」
	→字引
	名 辭典，字典

433 しずか₁	【静か】 ⇔にぎやか
しずかだった₁	
しずかで₁	
しずかで(は)ない₁₋₆	ナ形 安靜

| 434 した₀ | 【下】 ⇔上 |
| | 名 下，下面 |

| 435 しち₂ | 【七】 ☞数字 |
| | 名（數字）7 |

436 しつもん₀	【質問】 ☆質問する
	名 問題，疑問
	自他Ⅲ 發問

例 学生は手を上げて質問します。
(學生舉手發問)

例 次の質問に答えてください。
(請回答下一個問題)

● **しつれいしました。**

本当に失礼しました。(真的很抱歉)

※(表示歉意)失禮了，對不起

● **しつれいします。**

今日はこれで失礼します。(今天就此告辭)

※(進屋前)打擾了；(欲離開時)失陪，告辭

即時應答

どうぞ入ってください。(請進)

→ では、失礼します。(那我就打擾了)

437 じてんしゃ₂,₀	【自転車】
	名 腳踏車，自行車
438 じどうしゃ₂,₀	【自動車】
	名 汽車

439 **しぬ**₀ しにます₃ しんで₀ しなない₀	【死ぬ】 ⇔生まれる 自I 死
440 **じびき**₃	【字引】 →辞書 名 字典
441 **じぶん**₀	【自分】 名 自己
442 **しまる**₂ しまります₄ しまって₂ しまらない₃	【閉まる】 ⇔開く 自I 關，關閉；(店)打烊
443 **しめる**₂ しめます₃ しめて₁ しめない₂	【閉める】 ☆「窓を閉める」 ⇔開ける 他II 關(門、窗)；關(店)打烊
444 **しめる**₂ しめます₃ しめて₁ しめない₂	【締める】 ☆「ネクタイを締める」 他II 繋緊，綁緊

445 じゃ₁/じゃあ₁	→では
	接続 [口]那麼

映画が見たいですね。(好想看電影噢)

→ じゃ、あした見に行きませんか。
(那，我們明天就去看吧)

446 じゃがいも₀	【じゃが芋】
	名 馬鈴薯

447 しゃしん₀	【写真】
	名 相片，照片

448 しゃちょう₀	【社長】
	名 社長，總經理，執行長

449 シャツ₁	"shirt" →ワイシャツ
	名 內衣，汗衫；襯衫

し

450 ジャム₁	"jam"	
	名 果醬	
451 シャワー₁	"shower"	☆「シャワーを 浴びる」
	名 淋浴	
452 じゅう₁	【十】	☞数字
	名 (數字) 10	
453 ～じゅう	【～中】	☆「一日中」「日本中」
	接尾 (時間、場所) 整個～，全～	
454 ～しゅうかん	【～週間】	☞期間②
	接尾 ～週，～星期	
455 じゅうしょ₁	【住所】	
	名 住所，地址	

し

456 ジュース₁	"juice"
	名 果汁
457 じゅぎょう₁	【授業】
	名 上課，授課
458 しゅくだい₀	【宿題】　　　　　☆「宿題をする」
	名 回家作業，功課
459 しょうがくせい₃,₄	【小学生】
	名 小學生
460 しょうがっこう₃	【小学校】
	名 小學
461 じょうず₃ じょうずだった₃ じょうずで₃ じょうずで(は)ない₃,₆	【上手】　　　　　⇔ 下手 ナ形 拿手，擅長

462 じょうぶ。	【丈夫】
じょうぶだった ₄ じょうぶで。 じょうぶで(は)ない ₄₋₆	ナ形 （人）健康，強健； （物）堅固，結實
463 しょうゆ。	【醤油】
	名 醬油
464 ジョギング。	"jogging"
	名 慢跑
465 しょくどう。	【食堂】
	名 餐館，飯館；飯廳
466 しる。	【知る】 →分かる
しります ₃ しって。 しらない。	他Ⅰ 知道；認識

即時應答

先生の電話番号を知っていますか。
（你知道老師的電話號碼嗎？）

→ いいえ、知りません。(不，不知道)

467	しろ₁	【白】	⇔<ruby>黒<rt>くろ</rt></ruby>
		名 白色	
468	しろい₂ しろかった 1/2 しろくて 1/2 しろくない 1/2-4	【白い】 イ形 白色的	⇔<ruby>黒<rt>くろ</rt></ruby>い
469	～じん 註:「日本人(にほんじん₄/にっぽんじん₅)」是例外	【～人】 接尾 ～人	☆「アメリカ人」
470	しんごう₀	【信号】 名 交通號誌	∞<ruby>交差点<rt>こうさてん</rt></ruby>
471	しんぶん₀	【新聞】 名 報紙	∞ニュース

し

さし **す** せそ

472 すいえい｡	【水泳】
	名 游泳
473 すいか｡	【西瓜】
	名 西瓜
474 スイッチ₂,₁	"switch"　　☆「電気のスイッチ」
	名 電源開關
475 すいようび₃	【水曜日】　　　　　　☞時間③
	名 星期三
476 すう｡　すいます₃　すって｡　すわない｡	【吸う】　　☆「たばこを吸う」
	他Ⅰ 吸入，吸(菸)

477 スーツ₁	"suit"　　　　　　　　　→背広（せびろ） 名 套裝
478 スーパー₁ /スーパーマーケット₅	"supermarket" 名 超級市場，超市
479 スカート₂	"skirt"　　　☆「スカートをはく」 名 裙子
480 すき₂ すきだった₂ すきで₂ すきで(は)ない₂₋₅	【好き】　　　　　　　⇔嫌い（きらい） ナ形 喜歡，愛好
481 ～すぎ	【～過ぎ】☆「8時（じ）過ぎに帰（かえ）る」 　　　　　　　　　　⇔～前（まえ） 接尾 (時間、年齢)超過～
482 スキー₂	"ski" 名 滑雪

す

483 すく₀	【空く】 ★「おなかがすく」
すきます₃ すいて₀ すかない₀	自I (肚子)餓，空

484 すぐ₁/すぐに₁	【直ぐ/直ぐに】
	副 馬上，立刻

485 すくない₃	【少ない】 ⇔多い
すくなかった₂/₃ すくなくて₂/₃ すくなくない₂/₃-₅	イ形 少的，不多的

486 すこし₂	【少し】 ⇔たくさん
	副 少許，一點點

類義代換

私の国の冬はあまり寒くありません。
＝私の国の冬は少し寒いです。

487 すし₂,₁	【寿司/鮨】 →おすし
	名 壽司

488 すず**い**₃	【涼しい】 <ruby>暖<rt>あたた</rt></ruby>かい ⇔
すずしかった₂/₃ すずしくて₂/₃ すずしくない₂/₃-₅	イ形 (天氣)涼爽的
489 ～ずつ	
	助 各～

例 みかんは１０<ruby>個<rt>こ</rt></ruby>あります。５<ruby>人<rt>にん</rt></ruby>の<ruby>子<rt>こ</rt></ruby>どもに<ruby>二<rt>ふた</rt></ruby>つ
ずつあげます。
（有１０個橘子，給５個小孩每個人兩個）

490 ず**っと**₀	☆「ずっとここに<ruby>住<rt>す</rt></ruby>んでいます。」
	副 一直
491 す**てき**₀	【素敵】 ☆「すてきなネクタイ」
すてきだった₄ すてきで₀ すてきで(は)ない₄-₆	ナ形 吸引人，好看，很棒
492 す**てる**₀	【捨てる】 ☆「ごみを捨てる」
すてます₃ すてて₀ すてない₀	他Ⅱ 丟棄

493 ストーブ₂	"stove"　　☆「ストーブをつける」 名 火爐，暖爐
494 スプーン₂	"spoon"　　∞フォーク、ナイフ 名 湯匙
495 スポーツ₂	"sports"　　^{うんどう}→運動 名 體育競技；運動，身體活動

サッカー₁	"soccer"	足球
やきゅう₀	【野球】	棒球
バスケットボール₆	"basketball"	籃球
テニス₁	"tennis"	網球
ゴルフ₁	"golf"	高爾夫球
スキー₂	"ski"	滑雪
すいえい₀	【水泳】	游泳

496 ズボン₂,₁	"法jupon"　　★「ズボンをはく」 名 褲子

● すみません。

すみません、出口(でぐち)はどちらですか。(抱歉・請問出
口在哪邊?)
→ あちらです。(在那邊)

何と言う?
(レストランでお店(みせ)の人(ひと)を呼(よ)びます。)

✋ ちょっとすみません。

497 すむ₁	【住む】
すみます₃ すんで₁ すまない₂	自I 住,居住
498 スリッパ₁,₂	"slipper(s)"
	名 拖鞋
499 する₀	→やる
*します₂ *して₀ *しない₀	他III 做

● ～にする。　　　　　　　※前接名詞,表示選擇

わたしはAランチにします。
(我要選A套餐)

「する」是特殊動詞,作活用形時,語幹會變化。　　119

す

500 **すわる**₀	【座る】	⇔ 立つ
すわります₄ すわって₀ すわらない₀	自I 坐	

さしす せ そ

501 **せ**₁/**せい**₁	【背】
	名 身高，個子

類義代換

ヤンさんは背がたかいです。
＝ヤンさんは大きいです。

502 **せいと**₁	【生徒】 ∞ 学生
	名 (多指國中、高中的)學生

503	セーター₁	"sweater"
		名 毛衣
504	せっけん₀	【石鹸】
		名 肥皂，香皂
505	せびろ₀	【背広】　　　　　　　→スーツ
		名 (男士)西裝
506	せまい₂	【狭い】　　　　　　　⇔広い
	せまかった₁/₂	
	せまくて₁/₂	イ形 狭小的，狭窄的
	せまくない₁/₂-₄	
507	ゼロ₁	"zero"　　　　　　　☞数字
		名 (數字) 0
508	せん₁	【千】　　　　　　　☞数字
		名 (數字) 千

509 せんげつ₁	【先月】	☞時間①
	名 上個月	
510 せんしゅう₀	【先週】	☞時間①
	名 上星期	
511 せんせい₃	【先生】	
	名 [敬] 老師，醫師，律師	
512 せんたく₀	【洗濯】	☆洗濯する
	名 他Ⅲ 洗衣服	

類義代換

きのう洗濯をしました。
＝きのう洋服を洗いました。

513 センチ₁ /センチメートル₄	"法centimètre"	∞メートル
	名 公分，釐米	

せ

514 ぜんぶ₁	【全部】
	名 全部
	副 全部都

例	このみかんは全部でいくらですか。
	(這些橘子全部多少錢？)
例	牛乳は全部飲みました。もうありません。
	(牛奶全都喝掉了，已經沒有了)

さしすせそ

515 そう₁	★「はい、そうです。」
	感 是的，是那樣
516 そう₀	☆「そうしましょう。」
	副 那麼，那樣

そ

517 そうじ。	【掃除】	☆掃除する
	名 他Ⅲ 打掃	

類義代換

掃除をしてください。
＝部屋をきれいにしてください。

● そうですか。

そうですか。(原來如此，是那樣子啊)

※句尾か不上揚，表示理解了

● そうですね。

そうですね。(是呀，沒錯呢)

※表贊成、附和

例 今日は寒いですね。
(今天好冷對吧)

→ そうですね。
(是呀)

● そうですね。

そうですね。(嗯…，我想想)

※表示在思考如何回答對方的話

例	何がいいですか。コーヒー？紅茶？
	（你要什麼好呢，咖啡？還是紅茶？）
	→ そうですね。紅茶をお願いします。
	（嗯…我想想。請給我紅茶）

518 そこ。	∽ここ、あそこ
	代 那裡，那邊；提到的那一點

519 そして。 /そうして。	→それから
	接続 然後，接著；另外，而且

520 そちら。	∽こちら、あちら
	代 那個方向，那邊；那裡； 那邊那個；那位；您（那裡）

例	もしもし、小田です。そちらに鈴木さんはいますか。
	（喂喂，我是小田，鈴木先生在那裡嗎？）
	→ はい、ちょっと待ってください。（是的，請稍等）

521 そつぎょう。	【卒業】 ☆卒業する
	名 自Ⅲ 畢業

522 そっち₃	∞こっち、あっち
	代 [口] 那個方向,那邊;那裡; 那邊那個;你那裡,你

> 例 日本にいる人　　　：いま、そっちは何時（なんじ）？
> （身在日本的人：你那裡現在幾點?）
> アメリカにいる人：8時（じ）。
> （身在美國的人：8點）

523 そと₁	【外】 ⇔中（なか）
	名 外面

524 その～₀	∞この、あの
	連体 那～,那個～

525 そば₁	【側/傍】 ★「窓（まど）のそば」
	名 旁邊,附近

526 そら₁	【空】
	名 天空,空中

そ

527 それ。	∞これ、あれ
	代 那個，那
528 それから。	→そして
	接続 然後，接著；另外，還有

そ

例	この本を先に読んでそれから作文を書きましょう。 （先讀這本書，然後再寫作文吧）
例	テニスをしました。それからピンポンもしました。 （打了網球，另外也打了乒乓球）

529 それでは₃	☆「それではテストを始めます。」
	接続 那麼，那樣的話； 開始或結束的提示語

例	私、熱い飲み物はちょっと…。 （我不太想要喝熱的……）
→ それでは冷たいお茶はどうですか。 （那樣的話，來杯冰涼的茶如何？）	

● **それでは、また。**

それでは、また来週。（那就下週再見囉）

※表示下回再見，句尾可搭配時間，同「では、また。」

そ

530 それに。	
	接続 而且，再加上

例 この白いかばんはいかがですか。
（你看這個白色包包怎麼樣？）
→ ちょっと大きいですね。それに色は黒いほうがいいですね。
（有點大，而且顏色是黑色的比較好吧）

531 そろそろ₁	☆「そろそろ失礼します。」
	接続 差不多是～時候，就要～

た ちってと

532 ～だい	【～台】	☞助数詞④
	接尾 (車子、機器)～部，～台	
533 だいがく₀	【大学】	
	名 大學	
534 だいがくせい₃,₄	【大学生】	
	名 大學生	
535 だいこん₀	【大根】	
	名 白蘿蔔	
536 たいしかん₃	【大使館】	
	名 大使館	

537 だいじょうぶ₃	【大丈夫】
だいじょうぶだった₃ だいじょうぶで₃ だいじょうぶで(は)ない₃₋₈	ナ形 甭擔心，不要緊，穩當

即時應答

あした3時はどうですか。(明天3點如何?)
→ はい、大丈夫です。(好的，我沒問題)

538 だいすき₁	【大好き】	☆「私はお母さんが 大好きです。」
だいすきだった₁ だいすきで₁ だいすきで(は)ない₁₋₇	ナ形 最喜歡	

539 たいせつ₀	【大切】
たいせつだった₅ たいせつで₀ たいせつで(は)ない₅₋₇	ナ形 重要；愛惜，寶貝

例 それはとても大切な問題です。
（那是非常重要的問題）

例 寒くなりますから、体を大切にしてください。
（天氣變冷了，請保重身體）

540 だいたい₀	【大体】	→たいてい
	副 大約，大體上，大致	

た

例	バスに乗ってだいたい10分か15分です。
	(搭公車大約要10分或15分鐘)

541	たいてい。	【大抵】	⇔ときどき
			→だいたい
		副 大抵，大都，一般	

例	朝はたいていパンと牛乳です。
	(早上大多都是麵包和牛奶)

542	だいどころ。	【台所】
		名 廚房

543	たいへん。	【大変】	★「たいへん大きい」
		副 很，甚，非常	

544	たいへん。	【大変】
	たいへんだった₅	
	たいへんで。	ナ形 辛苦；事態嚴重
	たいへんで(は)ない₅₋₇	

例	仕事がたくさんあったから、ゆうべは寝ませんでした。
	(工作好多，昨晚都沒有睡覺)
→	それはたいへんでしたね。
	(那真是辛苦)

545 たかい₂ たかかった₁/₂ たかくて₁/₂ たかくない₁/₂₋₄	【高い】 ★「背^{せい}が高い」 ⇔低^{ひく}い イ形 (高度)高的
546 たかい₂ たかかった₁/₂ たかくて₁/₂ たかくない₁/₂₋₄	【高い】 ⇔安^{やす}い イ形 貴的，高價的
547 だから₁	接続 因此，所以
548 たくさん₀ 副 たくさん₃ 名	【沢山】 ☆「たくさんの人^{ひと}」 ⇔少^{すこ}し 副名 許多，很多，大量
549 タクシー₁	"taxi" 名 計程車
550 ～だけ	☆「少^{すこ}しだけ」 助 只有～

551 <ruby>だす<rt></rt></ruby>₁	【出す】	⇔<ruby>入<rt>い</rt></ruby>れる
だします₃ だして₁ ださない₂	他Ⅰ	拿出,取出;提交(文件); 寄(信、貨);開(藥)

例 ポケットからお<ruby>金<rt>かね</rt></ruby>を出します。
（從口袋裡拿出錢）

例 「<ruby>宿題<rt>しゅくだい</rt></ruby>はもう出しましたか。」「いいえ、まだです。」
（「你作業交了沒？」「不，還沒」）

例 <ruby>手紙<rt>てがみ</rt></ruby>を出すとき、<ruby>切手<rt>きって</rt></ruby>が<ruby>要<rt>い</rt></ruby>ります。
（寄信時，需要郵票）

例 <ruby>風邪<rt>かぜ</rt></ruby>ですね。<ruby>薬<rt>くすり</rt></ruby>を出しますから、<ruby>飲<rt>の</rt></ruby>んでください。
（是感冒呢，我開藥給你，要吃藥）

● ただいま。

ただいま。(我回來了) → お<ruby>帰<rt>かえ</rt></ruby>り。(你回來啦)	※外出回來時招呼 一聲的用語

552 <ruby>ただしい<rt></rt></ruby>₃	【正しい】	☆「<ruby>正<rt>ただ</rt></ruby>しい<ruby>答<rt>こた</rt></ruby>え」
ただしかった₂/₃ ただしくて₂/₃ ただしくない₂/₃₋₅	イ形	正確的

553 ～たち	【～達】	☆「<ruby>私<rt>わたし</rt></ruby>たち」
	接尾	～們,～(人)等

554 たつ₁ たちます₃ たって₁ たたない₂	【立つ】 ⇔座る 自Ⅰ 立，站；起立
555 たて₁	【縦】 ⇔横 名 縱向；(上下的)長
556 たてもの₂,₃	【建物】 名 房屋，建築物
557 たな₀	【棚】 名 棚架
558 たのしい₃ たのしかった₂/₃ たのしくて₂/₃ たのしくない₂/₃-₅	【楽しい】 イ形 快樂的，開心的

即時應答

旅行はどうでしたか。
（旅行過得怎麼樣？）

→ とても楽しかったです。（很開心）

559 た「の」む₂	【頼む】
たのみます₄ たのんで₂ たのまない₃	他Ⅰ 請求，拜託

何と言う？
（<ruby>私<rt>わたし</rt></ruby>は<ruby>斉藤<rt>さいとう</rt></ruby>さんにコピーを頼みました。）

🖐 斉藤さん、これをコピーしてください。

560 た「ば」こ₀	"葡tabaco"
	名 香菸

561 た「ぶん₁	【多分】
	副 大概，或許

例 あしたのパーティーはたぶんにぎやかでしょう。
（明天的派對大概會很熱鬧吧）

例 <ruby>鈴木<rt>すず き</rt></ruby>さんはきのう、たぶんうちにいるでしょう。
（鈴木先生昨天大概在家裡吧）

562 た「べ」もの₃,₂	【食べ物】
	名 食物

おにぎり₂	【お握り】	飯糰
すし₂,₁	【寿司/鮨】	壽司
カレー₀	"curry"	咖哩
ラーメン₁	【拉麺】	拉麵
うどん₀	【饂飩】	烏龍麵
てんぷら₀	【天ぷら】	天婦羅
さしみ₃	【刺身】	生魚片

た

| 563 た**べ**る₂ | 【食べる】 |
| たべます₃
たべて₁
たべない₂ | 他Ⅱ 吃 |

| 564 た**ま**ご₂ | 【卵】 |
| | 名 蛋；(鳥、蟲、魚等的)卵 |

| 565 だ**め**₂ | 【駄目】 |
| だめだった₂
だめで₂
だめで(は)ない₂₋₅ | ナ形 不行，不可以 |

即時應答

ここで何か食べてもいいですか。
（我可以在這裡吃東西嗎？）

→ それはだめです。（那是不可以的）

566 ～たり	助 並列動作或狀態；動作或狀態交互進行

た

類義代換

ここは喫茶店です。
＝ここはコーヒーを飲んだり人と話したりするところです。

567 だれ₁	【誰】
	代 (疑問)誰，什麼人，何人

例 あの人は誰ですか。
(那個人是誰?)

568 だれか₁	【誰か】
	連語 (不明確)誰，某人

類義代換

玄関に誰かいますよ。
＝家の入り口に人がいます。

例 誰か手伝ってください。
(誰來幫我個忙)

569 だれも〜。	【誰も〜】	☆「部屋には誰も いません。」
	連語 (後接否定)誰也(不)〜	
570 たんご。	【単語】	
	名 單字	
571 たんじょうび₃	【誕生日】	
	名 生日	

類義代換
誕生日は12月1日です。
＝12月1日に生まれました。

572 ダンス₁	"dance"
	名 舞蹈
573 だんだん。	【段々】
	副 逐漸

た

た **ち** ってと

574 ちいさい₃ ちいさかった 1/3 ちいさくて 1/3 ちいさくない 1/3-5̂	【小さい】 ⇔大きい イ形 小的
575 ちいさな〜₁	【小さな〜】 ⇔大きな 連体 小的〜
576 ちかい₂ ちかかった 1/2 ちかくて 1/2 ちかくない 1/2-4̂	【近い】 ⇔遠い イ形 (距離、時間)近的
577 ちがう₀ ちがいます 4 ちがって ちがわない 。	【違う】 自I 不正確；不同，不一致

会議のへやは4階ですね。 　　　　　　即時應答
(開會的場所是在4樓嗎?)

→ いいえ、ちがいます。5階ですよ。
(不，不是。是在5樓唷)

「ちいさくて」「ちいさかった」按照重音規則應該是③前移一位變成②，
但「ちい」為長音，所以重音會再前移，變成①。

578 ちかく₁	【近く】 ⇔ 遠(とお)く
	名 附近
579 ちかてつ₀	【地下鉄】
	名 地下鐵
580 ちず₁	【地図】
	名 地圖
581 ちち₂,₁	【父】 ☞ 家族①
	名 父親
582 ちゃいろ₀	【茶色】
	名 茶色，褐色
583 ちゃわん₀	【茶わん】【茶碗】
	名 飯碗；茶碗

584 ~ちゃん		☆「太郎ちゃん」「おばあちゃん」
	接尾	接在人名或稱呼後表示親暱
585 ~ちゅう	【~中】	☆「午前中」「勉強中」
	接尾	~期間；~中，正在~中
586 ちゅうがくせい 3,4	【中学生】	
	名	中學生，國中生
587 ちゅうがっこう 3	【中学校】	
	名	中學，國中
△ 588 ちょうかい 0	【聴解】	
	名	聽解
589 ちょうど 0	【丁度】	
	副	正好，不多不少；恰巧

△「聴解」是日本語能力試驗其中一項考試科目。

ち

	例 店の人：どうぞはいてください。 （店員：請穿這雙） お客さん：ああ、この靴はちょうどいいですね。 （客人：啊啊，這雙鞋剛剛好呢）

類義代換

次の電車はちょうど3時に出ます。

＝次の電車は3時に出ます。

ち	590 チョコレート₃ ／チョコ₁	"chocolate" 名 巧克力
	591 ちょっと₁,₀	☆「ちょっと待って。」 副 一會兒；一點點； 　 [口]（省略後文否定）暗示為難

即時應答

この酒、とてもおいしいですね。
（這酒很好喝吧）

→ え、そうですか。私はこの酒はちょっと…
　（咦，是嗎？我覺得這酒有點……）

たち つ てと

592 ついたち4	【一日】 ☞時間②
	名 (毎月的)一日，一號
593 つかう0 つかいます4 つかって0 つかわない0	【使う】 ☆「ペンを使う」 他I 使用；運用
何と言う？	
（クラスメートの藤井にペンを貸す）	
🖐 藤井さん、ペンを使いますか。	
594 つかれる3 つかれます4 つかれて2 つかれない3	【疲れる】 自II 疲累，疲倦
595 つぎ2	【次】 名 下次，下一(個)

つ

596	つく1,2	【着く】	☆「駅に着く」
	つきます3 ついて1 つかない2	自I 到達	

| 597 | つくえ0 | 【机】 | →テーブル ∞いす |
| | | 名 桌子 | |

| 598 | つくりかた5,4 | 【作り方】 | ☆「パンの作り方」 |
| | | 名 做法 | |

| 599 | つくる2 | 【作る】 | ☆「料理を作る」 |
| | つくります4 つくって2 つくらない3 | 他I 做、製作 | |

| 600 | つける2 | 【点ける】 | ⇔消す |
| | つけます3 つけて2 つけない2 | 他II 點燃(火); 啟動(燈、電器) | |

例 暗いですね。電気をつけましょう。
（好暗噢，開個燈吧）

例 寒くなったから、ストーブをつけてください。
（因為天氣變冷了，請你開暖爐）

「つけて」按照重音規則應該是②前移一位變成①，但「つけ」的「つ」因為母音無聲化，所以重音退回到②。

601 つとめる3 つとめます4 つとめて2 つとめない3	【勤める】 →働く（はたら） 自II 任職，服務

類義代換

私（わたし）はデパートに勤めています。

＝私はデパートで仕事（しごと）をしています。

602 つまらない3 つまらなかった3 つまらなくて3 つまらなくない3-6	⇔おもしろい 連語 無聊，乏味

類義代換

この本（ほん）はつまらないです。

＝この本はおもしろくありません。

603 つめたい0 つめたかった3 つめたくて3 つめたくない5	【冷たい】 ⇔熱い（あつ） イ形 低溫的，冰冷的
604 つもり0	【積もり】 ☆「私（わたし）は医者（いしゃ）になるつもりです。」 名 意圖，打算

「つまらない」為連語，這點從原形時的重音不是落在「い」前的「な」可以看出，但因為用法同イ形容詞，所以部分辭典將其標示為イ形容詞。

605 つよい₂	【強い】 ☆「風が強い」「強い雨」
つよかった 1/2 つよくて 1/2 つよくない 1/2-4	⇔弱い イ形 強勁的，強烈的

たちっ て と

606 て₁	【手】
	名 手；手臂
607 テープ₁	"tape"
	名 錄音帶；錄影帶
608 テーブル₀	"table" → 机
	名 桌子，餐桌

609 テープレコーダー5	"tape recorder" ∽ラジカセ
	名 卡式錄音機
610 でかける0 でかけます4 でかけて0 でかけない0	【出掛ける】 ⇔帰る
	自II 出門

類義代換

あしたは出かけます。
＝あしたは家にいません。

611 てがみ0	【手紙】 ∽封筒、はがき
	名 信
612 テキスト1	"text"
	名 課本，教科書
613 できる2 できます3 できて1 できない2	【出来る】 ★「英語ができる」
	自II (能力或可能性)能，會； 做好，完成

147

例	天気がわるくて、外でスポーツができません。 (天氣不好，不能在外頭做運動)	
例	きのうのテストはよくできました。 (昨天的測驗做得很好)	

614	でぐち₁	【出口】 ⇔入り口
		名 出口

615	テスト₁	"test" →試験
		名 測驗，考試

616	てつだう₃ てつだいます₅ てつだって₃ てつだわない₄	【手伝う】 ☆「誰か手伝って ください。」
		他Ⅰ 幫助，幫忙

617	テニス₁	"tennis"
		名 網球

618	では₁	→じゃ
		接続 那麼

て

● では、また。

では、また。(那就再見囉)

※表示下回再見，句尾可搭配時間

619 デパート₂	"department store" 名 百貨公司
620 でも₁	→しかし 接続 [口]可是，但是
621 でる₁ でます₂ でて₁ でない₁	【出る】　　☆「バスが出る」 　　　　　　　　⇔入る 自Ⅱ 出來，出去，離開； 　　　(車、航班)出發

類義代換

いつも7時に家を出て仕事に行きます。
＝いつも7時に出かけます。

622 でる₁ でます₂ でて₁ でない₁	【出る】　☆「新しい車が出る」 自Ⅱ 推出，出品

623 テレビ₁	"television"	
	名 電視	
624 てんき₁	【天気】	
	名 天氣	
625 でんき₁	【電気】	
	名 電，電力；電燈	
626 でんしゃ₀,₁	【電車】	
	名 電車	
627 てんぷら₀	【天ぷら】【天麩羅】	
	名 (特指海鮮、蔬菜)裏麵衣油炸的料理，炸物	
628 でんわ₀	【電話】	☆電話する
	名 電話 自Ⅲ 打電話	

て

たちって と

629 と₀	【戸】	→ドア
	名 門	
630 ～ど	【～度】	☆一度
	接尾 ～次	
631 ドア₁	"door"	→戸
	名 (西式的)門	
632 トイレ₁	"toilet"	→お手洗い
	名 廁所	
633 どう₁		→いかが
	副 如何，怎麼	

例 これはどう使いますか。教えてください。 (這個要怎麼用，請教教我)	
例 お仕事はどうですか。 (你的工作怎麼樣?)	

● **(いいえ、)どういたしまして。**

昨日はありがとうございました。(昨天真是謝謝你)

→ いいえ、どういたしまして。(不會・不客氣)

634 **どうして₁**	☆「どうしてですか。」 →なぜ
	副 為什麼

635 **どうぞ₁**	☆「どうぞ、よろしく。」
	副 請，敬請

即時應答

すみません、そのしおを取ってください。
(對不起，請拿那瓶鹽給我)

→ はい、どうぞ。(好的・請)

636 **どうぶつ₀**	【動物】
	名 動物

と

637 どうも₁	☆「どうも、ありがとう。」
	副 (致謝、道歉時)實在非常
638 どうやって₁	
	連語 如何,用何種方法

即時應答

ゆうべどうやって帰りましたか。
(你昨晚怎麼回家的?)

→ タクシーで。(搭計程車)

639 とお₁	【十】 ☞助数詞①
	名 10個;10歳
640 とおい₀ とおかった₂ とおくて₂ とおくない₄	【遠い】 ⇔近い
	イ形 (距離、時間)遠的
641 とおか₀	【十日】 ☞時間② 期間②
	名 十日,十號;10天

と

642 とおく₃	【遠く】　　　　　　　　　⇔近く
	名 遠方，遠處
643 ～とき	【～時】　　　　　　☆「出かけるとき」
	名 ～時候
644 ときどき₀	【時々】　　　　　　　　　⇔たいてい
	副 有時，偶爾

と

| たいてい歩いて行きます。　　　　　　　反義對照
ときどき電車で行きます。
(通常是走路去)　(有時候搭電車去) |
|---|

645 とけい₀	【時計】
	名 時鐘，錶
646 どこ₁	☞指示詞
	代 (疑問)哪裡，何處

647 ど̄こか₁	
	連語 (不明確的)某處，哪裡

即時應答

に̄ち よ̄う び̄に、どこかへ行きましたか。
（你星期天有去哪裡走走嗎？）
→ いいえ、どこへも行きませんでした。
（沒有，哪兒也沒去）

648 ど̄こも～₀	
	連語 (後接否定)哪裡也(不)～
649 とこ̄ろ₀	【所】
	名 場所，地方
650 とし̄₂	【年】
	名 年；年齡
651 とし̄ょかん₂	【図書館】
	名 圖書館

と

652 どちら₁	☞指示詞
	代 哪個方向，哪邊；哪裡；（複數(尤指二項)中選一）哪個，哪位
例 お国はどちらですか。 （您的國家在哪裡？）	
例 コーヒーと紅茶と、どちらがいいですか。 （咖啡和紅茶，哪個好呢？）	

と △

653 どっかい₀	【読解】
	名 讀解

654 どっち₁	→どちら
	代 [口] 哪個方向，哪邊；哪裡；哪個；哪位

655 とても₀	☆「とてもおいしい。」
	副 非常

656 どなた₁	→誰
	代 [敬] 誰，哪位

△「読解」是日本語能力試驗其中一項考試科目。

657 と<u>なり</u>。	【隣】
	名 旁邊，隔壁；隔壁人家
658 <u>ど</u>の〜[1]	★「どの人_{ひと}」　☞指示詞
	連体 哪個〜
659 <u>ど</u>のぐらい/<u>ど</u>のくらい[0,1] /<u>ど</u>れぐらい[0,1] /<u>ど</u>れくらい[0,1]	連語 （程度）多少
例　1年_{ねん}にどのぐらい雪_{ゆき}が降_ふりますか。 （1年裡會下多少雪？）	
例　あなたの家_{いえ}は駅_{えき}からどれぐらいですか。 （從你家到車站有多遠？）	
660 <u>ど</u>のように[1,3]	☆「これはどのように食_たべますか。」
	副 怎樣地，何種方式地
661 と<u>ぶ</u>。 とびます₃ とんで。 とばない。	【飛ぶ】　☆「鳥_{とり}が飛んでいます。」
	自I 飛，飛行

662 トマト₁	"tomato" 名 番茄
663 とまる₀ とまります₄ とまって₀ とまらない₀	【止まる】 自Ⅰ 停止，止住；停靠
664 ～とも	【～共】 ☆「二人とも先生です。」 接尾（前接複數）～都
665 ともだち₀	【友達】 名 朋友，友人
666 どようび₂	【土曜日】 ☞時間③ 名 星期六
667 とり₀	【鳥】 名 鳥；雞

と

668 とりにく。	【鳥肉】
	名 雞肉
669 <u>とる</u>₁ とります₃ とって₁ とらない₂	【取る】 ☆「その本、取ってくれる?」 他Ⅰ 拿，取
670 <u>とる</u>₁ とります₃ とって₁ とらない₂	【撮る】 ☆「写真を撮る」 他Ⅰ 照相，拍攝，攝影
671 <u>どれ</u>₁	☞指示詞 代 (複數(尤指三個以上)中選一) 哪個
例 次の文を読んで、質問に答えなさい。答えは1・2・3・4あります。正しいものはどれですか。 (請閱讀下列文章，回答問題。答案有1、2、3、4，正確的是哪一個?)
672 <u>どんな〜</u>₁	☞指示詞 連体 什麼樣的〜

と

なにぬねの

673 ない₁ なかった₁ なくて₁	【無い】 ⇔ある イ形 無，沒有
674 ナイフ₁	"knife" ∞スプーン、フォーク 名 餐刀，小刀
675 なか₁	【中】 ⇔外 (そと) 名 裡面；(某範圍)之中
676 ながい₂ ながかった₁/₂ ながくて₁/₂ ながくない₁/₂₋₄	【長い】 ⇔短い (みじか) イ形 長的
677 〜ながら	☆「朝 (あさ)ご飯 (はん)を食 (た)べながら、 テレビを見 (み)ました。」 助 邊〜邊…

678 なく。	【泣く】☆「赤_{あか}ちゃんが泣いています。」
なきます₃ ないて。 なかない。	⇔笑_{わら}う 自I 哭，哭泣
679 なく。	【鳴く】 ☆「鳥_{とり}が鳴いています。」
なきます₃ ないて。 なかない。	自I (鳥獸蟲等)鳴，啼叫
680 なくす。	【無くす】 ☆「財布_{さいふ}をなくす」
なくします₄ なくして。 なくさない。	他I 丟失，喪失

● ～なさい。 ※接在動詞後，表示指示、輕微命令

静_{しず}かにしなさい。　　　　する→します→しなさい

（安靜點！）

681 なし₀,₂	【梨】
	名 梨子
682 なす₁	【茄子】
	名 茄子

な

161

683 なぜ₁	【何故】	→どうして
	副 為什麼	

類義代換

きのう仕事を休みましたね。なぜですか。
=どうして仕事を休みましたか。

684 なつ₂	【夏】	∞春、秋、冬
	名 夏天	

685 なつやすみ₃	【夏休み】	∞冬休み、春休み
	名 暑假	

686 ～など	【等】	→や
	助 ～等，等等	

687 なな₁	【七】	☞数字
	名 (數字) 7	

な

688 な<u>な</u>つ₂	【七つ】 ☞助数詞①
	名 7個；7歲

689 な<u>に</u>₁/な<u>ん</u>₁	【何】
	代 (疑問)何，什麼

例 かばんの中に何がありますか。
(包包裡有什麼?)

例 これは何ですか。
(這個是什麼?)

<u>即時應答</u>

<u>木村さん、ちょっといいですか。</u>
(木村小姐，現在方便嗎?)

→ はい、<u>なんですか。</u>(是，有什麼事嗎?)

690 な<u>に</u>か₁	【何か】 ☆「そのニュースを何かで 見ました。」
	連語 (不明確的)某事物，什麼

<u>即時應答</u>

<u>何か飲み物はありませんか。</u>
(有什麼可以喝的嗎?)

→ お茶でいいですか。(茶可以嗎?)

な

691 なにも〜。,₁	【何も〜】 ☆「朝から何も食べて いません。」
	連語 (後接否定)什麼也(不)〜
692 なのか。	【七日】 ☞時間② 期間②
	名 七日，七號；7天
693 なまえ。	【名前】
	名 名字，姓名；名稱

何と言う？

（あなたはあの人の名前がわかりません。）

🖐 すみません、あの人はどなたですか。

694 ならう₂ ならいます₄ ならって₂ ならわない₃	【習う】 ⇔教える
	他Ⅰ 學習
695 ならぶ。 ならびます₄ ならんで。 ならばない。	【並ぶ】 ∞並べる
	自Ⅰ 並列，排列；排隊

な

例	駅のまえに店がたくさん並んでいます。 (車站前面商家林立)
例	この店はいつもたくさん人が並んでいます。 (這家店總是有很多人在排隊)

696 ならべる₀ 　ならべます₄ 　ならべて₀ 　ならべない₀	【並べる】　　　　　∞並ぶ 他II 排列

類義代換

テーブルにお皿を4枚並べてください。

＝テーブルにお皿を4枚置いてください。

697 なる₁ 　なります₃ 　なって₁ 　ならない₂	☆「弟は医者になりました。」 ☆「春になる」 自I 轉變，成為
698 なん〜	【何〜】　　☆「何時」「何度」 接頭 多少〜，幾〜
699 なんで₁	【何で】　　　　　→どうして 副 [口] 為什麼

な

な に ぬ ね の

700 に₁	【二】	☞数字
	名 (數字) 2	

| 701 にぎやか₂ にぎやかだった₂ にぎやかで₂ にぎやかで(は)ない₂‐₇ | 【賑やか】 ナ形 熱鬧 | ⇔静か |

類義代換

日よう日の公園はにぎやかです。

＝日よう日の公園は人がおおぜいいます。

702 にく₂	【肉】	
	名 肉	

ぎゅうにく。	【牛肉】	牛肉
とりにく。	【鳥肉】	雞肉
ぶたにく。	【豚肉】	豬肉

703 にし₀	【西】	∞ 東、南、北
	名 西，西方	
704 ～にち	【～日】	☞時間② 期間②
	接尾 (日期)～日；(天數)～天	
705 にちようび₃	【日曜日】	☞時間③
	名 星期日	
706 にほん₂ /にっぽん₃	【日本】	
	名 日本	
707 にほんご₀	【日本語】	
	名 日語	
708 にほんじん₄ /にっぽんじん₅	【日本人】	
	名 日本人	

に

709 にもつ₁	【荷物】 名 貨物，行李
710 ニュース₁	"news" ∞ 新聞(しんぶん) 名 新聞
711 にわ₀	【庭】 名 庭院
712 にわとり₀	【鶏】 → 鳥(とり) 名 雞
713 ～にん	【～人】 ☞助数詞① 接尾 ～個人
714 にんぎょう₀	【人形】 名 人偶，人形娃娃

715 にんじん。	【人参】
	名 紅蘿蔔

なに ぬ ね の

716 ぬぐ₁ ぬぎます₃ ぬいで₁ ぬがない₂	【脱ぐ】　⇔かぶる、着る、はく 他Ⅰ 脱
717 ぬるい₂ ぬるかった₁/₂ ぬるくて₁/₂ ぬるくない₁/₂₋₄	【温い】　→温かい イ形 （食物、洗澡水等）微温的, 不夠熱的

なにぬ **ね** の

718 ねえ₁／ね₁	☆「ねえ、田中さん。」 感（親暱招喚、叮嚀）喂
例 A：ねえ、その黒いかばん取って。 （喂・把那個黑包包拿給我） B：これ？（這個嗎？） A：そう。（沒錯）	
719 ネクタイ₁	"necktie" ☆「ネクタイを締める」 名 領帶
720 ねこ₁	【猫】 名 貓
721 ねる₀ ねます₂ ねて₀ ねない₀	【寝る】　　　　　⇔起きる 自II 睡覺

| 722 ～ねん | 【～年】 | ☞ 期間② |
| | 接尾 ～年 | |

なにぬね の

723 ノート₁	"note"
	名 筆記，筆記本
724 ～ので	→から
	助 表示原因、理由
725 のぼる。 のぼります₄ のぼって。 のぼらない。	【登る】 ☆「山に登る」 ⇔下りる 自Ⅰ 登高，登(山)，爬(樹)

171

726 のぼる。	【上る】 ☆「階段を上る」
のぼります₄ のぼって。 のぼらない。	⇔下りる 自Ⅰ 由下而上，爬升
727 のみもの₂	【飲み物】
	名 飲料
728 のむ₁	【飲む】 ☆「薬を飲む」
のみます₃ のんで₁ のまない₂	他Ⅰ 喝；吃(藥)
例 毎朝 ぎゅうにゅうを飲んでいます。 （每天早上都喝牛奶） 例 一日に三回薬を飲んでください。 （請一天吃三次藥）	
729 のる。	【乗る】 ☆「バスに乗る」
のります₃ のって。 のらない。	⇔降りる 自Ⅰ 搭乘，坐(交通工具)

は ひふへほ

730 は₁	【歯】 名 牙齒
731 パーティー₁	"party" 名 派對，聚會
732 はい₁	⇔いいえ 感（應答）是；（點名）有，到
	即時應答 きょうだいはありますか。（你有兄弟姊妹嗎？） → <u>はい</u>、姉が3人います。（是的，我有3個姊姊）
733 ～はい	【～杯】☞助数詞④ 接尾 ～杯，～碗

| 734 バイオリン。 | "violin" | |
| | 名 小提琴 | |

| 735 ハイキング₁ | "hiking" | |
| | 名 自Ⅲ 遠足，郊遊 | |

| 736 バイク₁ | "bike" | →オートバイ |
| | 名 機車，摩托車 | |

| 737 はいる₁
はいります₄
はいって₁
はいらない₃ | 【入る】 | ⇔出る |
| | 自Ⅰ 進入 | |

| 738 はがき。 | 【葉書】 | |
| | 名 明信片 | |

| 739 はく。
はきます₃
はいて。
はかない。 | 【穿く】 | ★「ズボンをはく」
⇔脱ぐ |
| | 他Ⅰ 穿(褲、裙) | |

740 はく₀ はきます₃ はいて₀ はかない₀	【履く】　　　　　★「靴を履く」 　　　　　　　　　　　⇔脱ぐ 他I 穿(鞋、襪)
741 はこ₀ ／～はこ	【箱】　　　　　　☞助数詞⑥ 名 箱子，盒子 接尾 (貨物、商品)～箱，～盒
742 はさみ₃	【鋏】 名 剪刀
743 はし₂	【橋】 名 橋
744 はし₁	【箸】　　　　　　★「箸で食べる」 　　　　　　　　　　→お箸 名 筷子
745 はじまる₀ はじまります₅ はじまって₀ はじまらない₀	【始まる】　　　　⇔終わる 　　　　　　　　　∞始める 自I 開始

は

746 はじめ。	【始め】 ∞ 次、そして、それから ⇔ 終わり

名 首先，開頭

例 はじめに名前を書いてください。次に質問に答えてください。
（首先請寫名字，接著回答問題）

例 これから番号を呼びます。はじめが4番、そして3番、それから1番と6番です。　（我現在唸號碼，首先是4號，接著是3號，然後是1號和6號）

747 はじめて₂	【初めて】

副 初次，第一次

類義代換

日本へははじめて行きます。

＝日本へはまだ行っていません。

● はじめまして。

山本さん、こちらはスミスさんです。（山本先生・這位是Smith小姐）
→ 初めまして。（初次見面・幸會）

748 はじめる₀	【始める】 ∞始まる
はじめます₄ はじめて₀ はじめない₀	他II 開始
749 はしる₂	【走る】 ∞歩く
はしります₄ はしって₂ はしらない₃	自I 跑
750 バス₁	"bus"
	名 巴士，公車
751 バスケットボール₆	"basketball"
	名 籃球
752 パスポート₃	"passport" ∞ビザ
	名 護照
753 パソコン₀	"personal computer"
	名 個人電腦

は

177

754 バター₁	"butter"
	名 (黃色固體)奶油
755 はたち₁	【二十/二十歳】
	名 20歳
756 はたらく₀ はたらきます₅ はたらいて₀ はたらかない₀	【働く】　　　　　→勤める 自Ⅰ 勞動，工作

類義代換

私は銀行に勤めています。

＝私は銀行で働いています。

757 はち₂	【八】　　　　　☞数字
	名 (数字) 8
758 はつか₀	【二十日】　　　☞時間②
	名 二十日，二十號；20天

は

759 はな‾₂	【花】
	名 花，花朵
760 はな‾₀	【鼻】
	名 鼻子
761 はなし‾₃	【話】 ☆「話をする」
	名 話，談話；故事
762 はな‾す₂ はなします₄ はなして₂ はなさない₃	【話す】 他Ⅰ 說；談話

例 あなたの国では何語を話しますか。
（你的國家是說哪個語言？）

例 男の人と女の人が話しています。
（有個男人和女人正在談話）

763 バ‾ナナ₁	"banana"
	名 香蕉

は

179

764 はは₁	【母】 ☞家族①
	名 母親
765 はやい₂ はやかった 1/2 はやくて 1/2 はやくない 1/2-4	【早い】 ⇔遅い
	イ形 早的
766 はやい₂ はやかった 1/2 はやくて 1/2 はやくない 1/2-4	【速い】 ⇔遅い
	イ形 快的，迅速的
767 はる₀ はります₃ はって₀ はらない₀	【貼る】 ★「切手を貼る」
	他Ⅰ 貼，黏，糊
768 はる₁	【春】 ∞夏、秋、冬
	名 春天
769 はるやすみ₃	【春休み】 ∞冬休み、夏休み
	名 春假

770 はれ₂	【晴れ】	∞雨、曇り
	名 晴，晴天	
771 はれる₂ はれます₃ はれて₁ はれない₂	【晴れる】	∞曇る
	自II 晴，放晴	

類義代換

きょうは天気がいいです。

＝きょうはよく晴れています。

772 ～ばん	【～半】 ☆「九時半」「二時間半」	
	名 ～半，～又半小時	
773 ばん₀	【晩】 ☆「あしたの晩」	⇔朝 →夜
	名 天黑後，晩上(指一般人 至深夜前醒著的時段)	
774 ～ばん	【～番】	☞助数詞②
	接尾 (排序)～號	

は

775 パン₁	"葡pão" 名 麵包
776 ハンカチ₀,₃	"handkerchief" 名 手帕
777 ばんごう₃	【番号】 名 號碼
778 ばんごはん₃	【晩御飯】　∞ 朝御飯、昼御飯 名 晚飯，晚餐
779 はんぶん₃	【半分】　☆「ケーキを半分食べました。」 名 一半，二分之一

は

は ひ ふへほ

780 ひ₀	【日】	☆「休みの日」
	名 日子，一天	
781 ひ₁	【火】	
	名 火，火苗	
782 ピアノ₀	"義piano"	☆「ピアノを弾く」
	名 鋼琴	
783 ビール₁	"荷bier"	
	名 啤酒	
784 ひがし₀,₃	【東】	∽西、南、北
	名 東，東方	

785 ~ひき	【~匹】 ☞助数詞④
	接尾 (動物、昆蟲)~隻, (魚)~條
786 ひく₀ ひきます₃ ひいて₀ ひかない₀	【引く】 ☆「辞書を引く」 他I 查(字典、索引等)
787 ひく₀ ひきます₃ ひいて₀ ひかない₀	【引く】 ☆「風邪を引く」 他I 患(感冒)
788 ひく₀ ひきます₃ ひいて₀ ひかない₀	【弾く】 ☆「ギターを弾く」 他I 彈,彈奏
789 ひくい₂ ひくかった₂ ひくくて₂ ひくくない₂₋₄	【低い】 ⇔高い イ形 低的,矮的
790 ひこうき₂	【飛行機】 名 飛機

ひ

「ひくくて」「ひくかった」按照重音規則應該是②前移一位變成①,但由
於「ひく」的「ひ」母音無聲化,所以重音退回到②。

791 ビザ₁	"visa"	∞パスポート
	名 簽證	
792 ひだり₀	【左】	⇔右^{みぎ}
	名 左,左邊	
793 ひだりがわ₀	【左側】	⇔右側
	名 左側	
794 ひと₀	【人】	☆「男^{おとこ}の人」
	名 人,人類	
795 ひとつ₂	【一つ】	☞助数詞①
	名 1個;1歳	
796 ひとつき₂	【一月】	
	名 1個月	

ひ

185

797 ひとり₂	【一人】 ☞助数詞①
	名 1個人，1名
798 ひま₀ ひまだった₃ ひまで₀ ひまで(は)ない₃₋₅	【暇】 ☆「忙_{いそが}しくて本_{ほん}を読_よむ 暇がありません。」 名 閒暇；(所需)時間，工夫 ナ形 空閒，有閒暇

類義代換

日_{にち}よう日_びは暇でした。
＝日_{にち}よう日_びは忙_{いそが}しくなかったです。

799 ひゃく₂	【百】 ☞数字
	名 (數字)百
800 びょういん₀	【病院】
	名 醫院
801 びょうき₀	【病気】
	名 病，疾病

ひ

802 ひらがな₃,₀	【平仮名】	∞カタカナ
	名 平假名	
803 ひる₂	【昼】	⇔夜 (よる)
	名 白天；正午	
804 ビル₁	"building"	
	名 高樓，大廈	
805 ひるごはん₃	【昼御飯】	∞朝御飯 (あさ)、晩御飯 (ばん)
	名 午飯，午餐	
806 ひろい₂ ひろかった ₁/₂ ひろくて ₁/₂ ひろくない ₁/₂-₄	【広い】	⇔狭い (せま)
	イ形 寬廣的	
807 ピンポン₁	"ping-pong"	
	名 乒乓球，桌球	

ひ

はひ ふ へほ

808 ふうとう◦	【封筒】	∞手紙、はがき
	名 信封	
809 プール₁	"pool"	
	名 游泳池	
810 フォーク₁	"fork"	∞ナイフ、スプーン
	名 叉，叉子	
811 ふく₁,₂ ふきます₃ ふいて₁ ふかない₂	【吹く】	☆「風が吹く」
	自他I 吹拂，颳	
812 ふく₂	【服】	
	名 衣服	

188

コート₁	"coat"	外套
スーツ₁	"suit"	套裝
せびろ₀	【背広】	(男士)西裝
ズボン₂,₁	"法jupon"	褲子
スカート₂	"skirt"	裙子
セーター₁	"sweater"	毛衣
シャツ₁	"shirt"	汗衫；襯衫

| 813 ぶた₀ | 【豚】 | |
| | 名 豬 | |

| 814 ふたつ₃ | 【二つ】 | ☞助数詞① |
| | 名 兩個；兩歲 | |

| 815 ぶたにく₀ | 【豚肉】 | |
| | 名 豬肉 | |

| 816 ふたり₃ | 【二人】 | ☞助数詞① |
| | 名 兩個人，2名 | |

ふ

817 ぶちょう₀	【部長】 名 部門主管，經理
818 ふつか₀	【二日】　　　☞時間② 期間② 名 二日，二號；兩天
819 ふとい₂ ふとかった₂ ふとくて₂ ふとくない₂₋₄	【太い】　　　⇔細い イ形 粗的；胖的
820 ぶどう₀	【葡萄】 名 葡萄
821 ふとん₀	【布団】　　　∞毛布 名 被子，棉被
822 ふね₁	【船/舟】 名 船

「ふとくて」「ふとかった」按照重音規則應該是②前移一位變成①，但由
於「ふと」的「ふ」母音無聲化，所以重音退回到②。

823 ふべん₁	【不便】 ⇔便利
ふべんだった₁ ふべんで₁ ふべんで(は)ない₁₋₆	ナ形 名 不便利，不便

類義代換

私の家は駅から遠いから、不便です。

＝私の家は駅から遠くて便利じゃありません。

824 ふゆ₂	【冬】 ∞春、夏、秋
	名 冬天

825 ふゆやすみ₃	【冬休み】 ∞夏休み、春休み
	名 寒假

826 ふる₁	【降る】 ☆「雨が降る」
ふります₃ ふって₁ ふらない₂	自Ⅰ 降，下(雨、雪)

827 ふるい₂	【古い】 ⇔新しい
ふるかった₁/₂ ふるくて₁/₂ ふるくない₁/₂₋₄	イ形 舊的，古老的； (食物)放久的，不新鮮的

ふ

191

828 プレーヤー 2,0	"player" ☆「CDプレーヤー」
	名 電唱機、CD、DVD等影音播放裝置
829 プレゼント 2	"present" ☆「誕生日のプレゼント」
	名 禮物
830 ふろ 1	【風呂】 ☆「風呂に入る」 →お風呂
	名 浴室；澡盆，浴池
831 ～ふん	【～分】 ☞時間④ 期間①
	接尾 (時間)～分
832 ぶん 1	【文】 ∞文章
	名 詞句，文章，成篇的文字；(文法用語)句子
833 ぶんしょう 1	【文章】 ∞文
	名 (富含思想、文學的)文章；(文法用語)文章

| △ 834 ぶんぽう。 | 【文法】 |
| | 名 文法 |

△「文法」是日本語能力試驗「言語知識」考科的一個項目。

835 ページ。	"page"
	名 (書冊等的)頁
836 へた₂ へただった₂ へたで₂ へたで(は)ない₂₋₅	【下手】　　　　　⇔上手 ナ形 不拿手，技術笨拙

わたしは字が下手です。
＝わたしは字が上手ではありません。

837 ベッド1	"bed"
	名 床, 西式睡床
838 ペット1	"pet"
	名 寵物
839 へや2	【部屋】
	名 房間, 室;(集合住宅其中的每戶)房子, 屋子
840 ベルト0	"belt"
	名 腰帶, 皮帶
841 へん0	【辺】　　　　　　☆「この辺」
	名 一帶, 附近
842 ペン1	"pen"　　∞ボールペン、鉛筆
	名 (泛指)筆;鋼筆

843 べんきょう。	【勉強】	→習_{なら}う

名 他Ⅲ 學習，用功

類義代換

李さんは日本語を習っています。

＝李さんは日本語を勉強しています。

844 べんとう。	【弁当】	→お弁当_{べんとう}

名 便當

845 べんり₁	【便利】	⇔不便_{ふべん}
べんりだった₁ べんりで₁ べんりで(は)ない₁₋₆	ナ形 名 便利，方便	

例 わたしの家_{いえ}は駅_{えき}の近_{ちか}くです。とても便利です。
（我家就在車站附近，非常方便）

へ

はひふへほ

846 ほう₁	【方】 ☆「～ほうがいい」
	名 方位，方面； （兩項對照取其一）～方面
例	冬休みは日本の北のほうへ行きました。 （寒假時去了日本北方）
例	病気のときは早く寝たほうがいいですよ。 （生病時要早點睡比較好喲）
例	A：すみません。傘をください。（對不起・請給我一 　　　　　　　　　　　　　　　　　　　　　把傘） B：長いのと短いのがありますが。 　　（有長的和短的） A：短いほうをください。（請給我短的）
847 ぼうし₀	【帽子】 ☆「帽子をかぶる」
	名 帽子
848 ボールペン₀	"ball-point pen" ∽ ペン、鉛筆
	名 原子筆

849 ほか。	【外/他】 ☆「その外」
	名 此外，其他

> 例 同じ形で、白、黒、ほかに赤もあります。
> (相同形狀，有白色、黑色，另外也有紅色)
>
> 例 この家はほかの家と違います。
> (這棟房子和其他的房子不一樣)

850 ぼく₁	【僕】
	代 (男子對平輩或晚輩自稱)我
851 ポケット₂,₁	"pocket"
	名 口袋
852 ほしい₂ ほしかった₁/₂ ほしくて₁/₂ ほしくない₁/₂₋₄	【欲しい】 ☆「私はカメラが 　　　　　　ほしいです。」 イ形 想要的，希望得到的
853 ポスト₁	"post"
	名 郵筒

ほ

854 ほそい₂ ほそかった 1/2 ほそくて 1/2 ほそくない 1/2-4	【細い】　　　　　　⇔太い イ形 細的，纖細的；瘦的
855 ボタン₀,₁	"葡botão" 名 按鈕；鈕釦
856 ホテル₁	"hotel" 名 (西式)旅館，大飯店
857 ほら₁	 感 (提醒注意)瞧，你看吧
例	A：あの人、新しい先生よ。(那個人是新老師唷) B：どの人？(哪個人？) A：ほら、あの長いスカートをはいている人。 　　(瞧！就是那個穿長裙的人)
858 ほん₁	【本】 名 書，書籍

ほ

859 ～ほん	【～本】 ☞助数詞③
	接尾 ～枝，～根，～條；～瓶； (錄音帶、電影等)～捲
860 ほんだな₁	【本棚】 　　　　　　ほんばこ 　　　　　　→本箱
	名 書架，書櫃
861 ほんとう₀	【本当】 ☆「本当は行きたかった 　　　　　　ですが。」
	名 ナ形 真正，確實，其實

即時應答

　さむ
寒いですね。(好冷呢)

→ 本当。天気も悪いですね。(確實是，天氣也不好)

862 ほんとうに₀	【本当に】 ☆「本当にありがとう 　　　　　　ございます。」
	副 實在，真的是
863 ほんばこ₁	【本箱】 　　　　　　ほんだな 　　　　　　→本棚
	名 (箱型)書架，書櫃

ほ

864 ほんや₁	【本屋】
	名 書店

まみむめも

865 ～まい	【～枚】	☞助数詞③
	接尾 ～張，～幅，～片；(衣服)～件	
866 まいあさ_{1,0}	【毎朝】	☞時間①
	名 毎天早晨	
867 まいげつ。/まいつき。	【毎月】	☞時間①
	名 毎月	
868 まいしゅう。	【毎週】	☞時間①
	名 毎週	

● まいどありがとうございます。

毎度ありがとうございます。(謝謝您經常照顧)

※感謝多次受惠的用語，常見於服務業

869	まいとし₀ /まいねん₀	【毎年】	☞時間①
		名 毎年	
870	まいにち₁	【毎日】	☞時間①
		名 毎天，毎日	
871	まいばん₁,₀	【毎晩】	☞時間①
		名 毎晩	
872	まえ₁	【前】	⇔後_{うし}ろ、後_{あと}
		名 前面；之前，先前	

例 部屋_{へや}の前に、エレベーターがあります。
　　(屋子前面有電梯)

例 毎朝_{まいあさ}会社_{かいしゃ}へ行_いく前に、スポーツをします。
　　(毎天去公司之前，都會做運動)

類義代換

朝_{あさ}ご飯_{はん}を食_たべるまえにシャワーを浴_あびました。

＝シャワーを浴びたあとで朝ご飯を食べました。

ま

873 〜まえ	【〜前】 ☆「50年前(ねん)」
	接尾 (時間)〜之前
874 まがる₀ まがります₄ まがって₀ まがらない₀	【曲がる】 ☆「角を曲(ま)がる」
	自Ⅰ 轉彎，拐彎
875 まず₁	【先ず】
	副 首先

例 あしたから旅行(りょこう)ね。(明天就要去旅行了吧)
→ うん、まず飛行機(ひこうき)に乗(の)って、そのあと電車(でんしゃ)とバス。
(嗯，首先是搭飛機，之後是電車和公車)

| 876 まずい₂ | ⇔おいしい |
| まずかった₁/₂
まずくて₁/₂
まずくない₁/₂-₄ | イ形 難吃的 |

類義代換

この食堂(しょくどう)はまずいです。
＝ここの料理(りょうり)はおいしくありません。

ま

203

877 また0	【又】 ☆「また来ます。」
	副 又，再
878 まだ1	【未だ】
	副 尚，還

例 まだ郵便局は開いています。早く行きましょう。
(郵局還開著，我們快點去吧)

例 図書館の本はまだ返していません。
(圖書館的書還沒拿去還)

879 まち2	【町/街】
	名 城鎮；鬧區，大街
880 まつ1	【待つ】 ☆「人を待つ」
まちます3 まって1 またない2	他I 等，等待
881 まっすぐ3	【真っすぐ】【真っ直ぐ】
まっすぐだった3 まっすぐで3 まっすぐで(は)ない3-7	ナ形副 直直地，筆直地

例 この道をまっすぐ行ってください。すぐそこです。 (請順著這條路直走，馬上就到了)	
例 左の手をまっすぐ横にしてください。 (請將左手橫向伸直)	
882 ～まで	助 表示時間或空間終點
例 東京までの切符はいくらですか。 (到東京的車票要多少錢?)	
例 ゆうがたまで妹と一緒に庭で遊びました。 (我和妹妹一起在院子裡玩到傍晚)	
883 まど₁	【窓】 名 窗戶
884 まるい₀,₂ まるかった₂ まるくて₂ まるくない₄	【円い/丸い】 イ形 圓的
885 まん₁	【万】 ☞数字 名 (數字)萬

ま

ま み む め も

886 みえる ₂ みえます ₃ みえて ₁ みえない ₂	【見える】　　　　∞ 聞_きこえる 自II (景物)可視，看得見
例 高_{たか}い 山_{やま}から 海_{うみ}が 見えます。 　（從高山上可以看到海） 例 暗_{くら}くて 何_{なに}も 見えません。 　（太暗了，什麼都看不見）	
887 みがく ₀ みがきます ₄ みがいて ₀ みがかない ₀	【磨く】　　☆「歯_はを磨く」 　　　　☆「靴_{くつ}を磨く」 他I 刷(牙)；擦亮(鞋)
888 みかん ₁	【蜜柑】 名 橘子
889 みぎ ₀	【右】　　　　　⇔ 左_{ひだり} 名 右，右邊

890 みぎがわ。0	【右側】 ⇔左側（ひだり） 名 右側
891 みじかい3 みじかかった 2/3 みじかくて 2/3 みじかくない 2/3-5	【短い】 ⇔長い（なが） イ形 短的
892 みず。0	【水】 名 水
893 みせ2	【店】 名 商店，店舗
894 みせる2 みせます3 みせて1 みせない2	【見せる】 他Ⅱ 給人看，出示

即時應答

その黒（くろ）い靴（くつ）を見せてください。
（請給我看那雙黑色的鞋子）

→ はい、どうぞ。（好的，請）

み

895 みち₀	【道】 名 道路
896 みっか₀	【三日】　　　☞時間② 期間② 名 三日，三號；3天
897 みっつ₃	【三つ】　　　　☞助数詞① 名 3個；3歲
898 みどり₁	【緑】　　☆「町の北側には 　　　　　　　緑が多い。」 名 綠色；綠意
899 みどりいろ₀	【緑色】 名 綠色
900 みなさん₂	【皆さん】 名 代 [敬] 各位，大家

901 みなみ₀	【南】　　　　　ひがし　にし　きた ∞東、西、北 名 南，南方
902 みみ₂	【耳】 名 耳朵
903 みる₁ みます₂ みて₁ みない₁	【見る】　　　☆「テレビを見る」 他Ⅱ 看
904 みんな₃	【皆】 名 全部；大家 代 大家

み

まみ む めも

905 むいか。	【六日】　　　　　☞時間② 期間②
	名 六日，六號；6天
906 むこう₂,₀	【向こう】
	名 對面，對向；對方

例 駅の向こうに病院があります。
（車站的對面有間醫院）

例 向こうにお茶があります。飲み物は要らないです。
（對方那裡有茶，用不著帶飲料）

907 むずかしい₀,₄	【難しい】　　　⇔易しい、簡単
むずかしかった ₃/₄	
むずかしくて ₃/₄	
むずかしくない ₆	イ形 難的，困難的

類義代換

きのうのテストは難しくなかったです。

＝きのうのテストは簡単でした。

「むずかしくて」「むずかしかった」按照重音規則應該是③，但「しく」
「しか」的「し」母音無聲化，重音前移至③，但新式發音則維持重音在④。

908 むっつ₃	【六つ】 ☞助数詞①
	名 6個；6歳
909 むら₂	【村】
	名 村莊，鄉村

910 め₁	【目】
	名 眼睛
911 ～め	【～目】 ☆「一つ目」「二番目」
	接尾 (排序)第～

912	メートル₀ /〜メートル	"法mètre"　　　∞ キロメートル 名 公尺；〜公尺
913	メール₀,₁	"mail" 名 電子郵件
914	めがね₁	【眼鏡】 名 眼鏡
915	メモ₁	"memo"　　　　☆ メモする 名 備忘錄 他Ⅲ 作筆記備忘，隨手記錄
	例	メモしますから、ゆっくり言ってください。 (我要抄下來，請你說慢一點)
916	メロン₁	"melon" 名 哈密瓜

め

まみむめ も

---

917 もう 1,0   ★「もう終わった。」

副 已經

もうこの本を読みましたか。
(這本書看了嗎?)

→ いいえ、まだです。(不,還沒)

---

918 もう 0   ★「もう一つ」

副 再,另外

例 すみません、もう一度言ってください。
(對不起・請再說一次)

例 もう少し待ったほうがいいですよ。
(再等一下比較好唷)

---

919 もうすぐ 3

副 即將,快要

も

映画はもうすぐ終わります。

＝映画はまだ終わっていません。

920 もうふ₁	【毛布】	∞ 布団
	名 毛毯	
921 もくようび₃	【木曜日】	☞ 時間③
	名 星期四	
△ 922 もじ₁	【文字】	
	名 文字	
923 もしもし₁		
	感 (電話用語)喂; (引起對方注意)喂	

も

例 もしもし、山本ですが、木下さんはいますか。
（喂，我是山本，木下先生在嗎？）

例 もしもし、すみませんが、木下さんをお願いします。
（喂，抱歉，麻煩請找木下先生）

△「文字」是日本語能力試驗「言語知識」考科的一個項目。

924 もつ₁ もちます₃ もって₁ もたない₂	【持つ】 他Ⅰ 拿；攜帶；擁有
例 雨ですね。傘を持っていますか。 （下雨了耶，你有帶傘嗎？） 例 たくさんの生徒が自転車を持っています。 （有很多學生都有自行車）	

即時應答

荷物が多いですね。少し持ちましょうか。
（行李真多呢，我來拿一些吧）
→ ええ、お願いします。（嗯，那就麻煩你了）

925 もっと₁	☆「もっと食べてください。」 副 更加，再稍微
926 もの₀	【物】 名 物品，東西
927 もの₀	☆「正しいものはどれですか。」 名 （抽象概念）東西，事物

も

928 もも₀	【桃】
	名 桃子

929 もらう₀ もらいます₄ もらって₀ もらわない₀	【貰う】 ⇔くれる 他Ⅰ 領受，接受，收到

類義代換

父が猫をくれました。
＝父に猫をもらいました。

930 もん₁	【門】 ∞ドア
	名 大門，出入口

931 もんだい₀	【問題】 ∞質問
	名 題目，試題；課題

△ 932 もんだいようし₅	【問題用紙】☆「問題用紙を開け てください。」
	名 考試卷，試題冊

△「問題用紙」是日本語能力試驗聽解測驗中，以日文講解答題方法時會出現的字彙。

やゆよ

933 ～や	【～屋】	
	接尾 ～店；賣～的人	
ほんや₁	【本屋】	書店；書商
さかなや₀	【魚屋】	漁產店；魚商
にくや₂	【肉屋】	肉店；肉商
くだものや₄,₀	【果物屋】	水果店；水果商
パンや₁	【パン屋】	麵包店；麵包商
はなや₂	【花屋】	花店；花商
くすりや₀	【薬屋】	藥房；藥商
934 やあ₁/やー₁		→いやあ
	感 (感嘆或驚奇時)呀，唉呀	
935 やおや₀	【八百屋】	
	名 蔬菜店，蔬果店；蔬果商	

【類義代換】 この店では野菜や果物を売っています。 ＝ここは八百屋です。	
936 やきゅう。	【野球】
	名 棒球
937 やさい。	【野菜】　∞ 果物 〈くだもの〉
	名 蔬菜
キャベツ1	"cabbage"　高麗菜
なす1	【茄子】　茄子
だいこん。	【大根】　白蘿蔔
じゃがいも。	【じゃが芋】　馬鈴薯
きゅうり1	【胡瓜】　小黃瓜
にんじん。	【人参】　紅蘿蔔
トマト1	"tomato"　番茄
938 やさしい。 　やさしかった 2/3 　やさしくて 2/3 　やさしくない 5	【易しい】　⇔ 難しい 〈むずか〉 → 簡単 〈かんたん〉
	イ形 容易的，簡單的

「やさしくて」「やさしかった」按照重音規則應該是③，但「しく」「しか」的「し」母音無聲化，所以重音前移至②，但新式發音則維持重音在③。

939 やすい₂	【安い】 ⇔高い
やすかった₁/₂ やすくて₁/₂ やすくない₁/₂-₄	イ形 便宜的，低廉的

940 やすみ₃ /おやすみ₀	【休み】
	名 休息；假期，放假

例 中島さんは、休みの日はいつも何をしていますか。
(中島小姐，你休息的日子都在做什麼？)

例 休みの前テストがあります。
(放假前有個考試)

941 やすむ₂	【休む】
やすみます₄ やすんで₂ やすまない₃	自他I 休息；缺勤，缺席

例 お風呂に入って少し休んでから勉強します。
(先泡個澡休息一下後，再開始讀書)

例 先週は仕事を休みました。
(上個星期沒去上班)

942 やっつ₃	【八つ】 ☞助数詞①
	名 8個；8歲

や

943 やっぱり₃	→やはり
	副 [口] 仍然還是

例	ちょっと休んでコーヒーを飲みましょう。あ、ケーキもありますよ。 (我們休息一下喝個咖啡吧，啊，也有蛋糕耶) →私はやっぱりコーヒーでいいです。(我還是咖啡就好)

944 やはり₂	→やっぱり
	副 仍然還是

945 やま₂	【山】
	名 山

946 やめる₀ やめます₃ やめて₀ やめない₀	【止める】　★「たばこを止める」
	他Ⅱ 停止，不再繼續，作罷

947 やる₀ やります₃ やって₀ やらない₀	☆「仕事をやる」 →する
	他Ⅰ [口] 做，弄，進行

948 やる。 やります₃ やって。 やらない。	☆「花に水をやる」 他Ⅰ 給，給予（對同輩、晚輩、 動植物等）

949 ゆうがた。	【夕方】 名 傍晚，黃昏
950 ゆうはん。	【夕飯】　　　　　　　→晚御飯 名 晚飯
951 ゆうびんきょく₃	【郵便局】 名 郵局

952 ゆうべ。	【昨夜】 ☞時間①
	名 昨晚，昨夜

953 ゆうめい。	【有名】
ゆうめいだった₅	
ゆうめいで。	ナ形 名 有名，著名
ゆうめいで(は)ない₅₋₇	

類義代換

このホテルは有名です。

＝みんなこのホテルを知っています。

954 ゆき₂	【雪】 ☆「雪が降る」
	名 雪

955 ゆっくり(と)₃	
	副 不疾不徐，慢慢地；
	悠閒地，舒適地

例 もっとゆっくり話してください。
（請再說得慢一點）

例 薬を飲んでゆっくり寝てください。
（吃完藥舒服睡一覺）

ゆ

| 例 | A：やあ、昨日も今日もゆっくりしたね。
（啊啊，昨天和今天都過得好悠閒呢）
B：ええ、あしたも休み？（是呢，明天也休息嗎？）
A：そう。（沒錯） |

956 ようか。	【八日】　　　　☞時間② 期間②
	名 八日，八號；8天
957 ようふく。	【洋服】
	名 西服，洋裝
958 よく₁	★「よく行く」
	副 常常，經常

<ruby>私<rt>わたし</rt></ruby>はよく<ruby>旅行<rt>りょこう</rt></ruby>をします。 <ruby>兄<rt>あに</rt></ruby>はあまり<ruby>旅行<rt>りょこう</rt></ruby>をしません。 (我經常旅行)(哥哥很少旅行)	反義對照

959 よく₁	★「よくできる」
	副 充分,仔細地; (表現)好,很能

例 この<ruby>写真<rt>しゃしん</rt></ruby>をよく<ruby>見<rt>み</rt></ruby>てください。
(請仔細看這張照片)

例 <ruby>佐藤<rt>さとう</rt></ruby>さんは<ruby>体<rt>からだ</rt></ruby>が<ruby>丈夫<rt>じょうぶ</rt></ruby>で、よく<ruby>働<rt>はたら</rt></ruby>きます。
(佐藤先生身體健壯,很能工作)

960 よこ₀	【横】	⇔<ruby>縦<rt>たて</rt></ruby> →<ruby>隣<rt>となり</rt></ruby>、そば
		名 橫向:(左右)寬;旁邊

961 よっか₀	【四日】	☞時間② 期間②
		名 四日,四號;4天

962 よっつ₃	【四つ】	☞助數詞①
		名 4個;4歲

よ

963 よぶ₀	【呼ぶ】 ☆「店の人を呼ぶ」
よびます₃ よんで₀ よばない₀	他I 呼喊，叫喚； 叫(人或車)來；邀請

例 タクシーを呼んでください。
（請叫輛計程車來）

例 パーティーに佐藤さんを呼びました。
（邀請佐藤先生參加宴會）

964 よみかた_{4,3}	【読み方】 ☆「漢字の読み方」
	名 讀法，唸法

965 よむ₁	【読む】 ☆「本を読む」
よみます₃ よんで₁ よまない₂	他I 讀，唸；閱讀，看懂

966 よる₁	【夜】 →晩 ⇔朝、昼
	名 黑夜，夜晚，晚上

● (どうぞ)よろしく・おねがいします。

どうぞよろしく。（請多指教，請多關照）

※「よろしく」可標示成「宜しく」，是非常用漢字

よ

225

967 よわい₂	【弱い】 ☆「風が弱い」「弱い雨」
よわかった ₁/₂ よわくて ₁/₂ よわくない ₁/₂₋₄̂	⇔強い イ形 微弱的
968 よん₁	【四】 ☞数字
	名（數字）4

よ

らりるれろ

969 ラーメン₁	名 拉麵
970 らいげつ₁	【来月】 ☞時間① 名 下個月
971 らいしゅう₀	【来週】 ☞時間① 名 下週
972 ライター₁	"lighter" 名 打火機
973 らいねん₀	【来年】 ☞時間① 名 明年

ら

974	ラジオ₁	"radio" ☆「ラジオをつける」 ☆「ラジオを消す」 名 收音機
975	ラジカセ₀	"radio cassette" 名 卡式收錄音機
976	ランチ₁	"lunch" 名 西式簡餐；午餐

らりるれろ

977	りっぱ₀ りっぱだった₄ りっぱで₀ りっぱで(は)ない₄₋₆	【立派】 ☆「立派な医者」 ナ形 華麗，雄偉；卓越

り

978	りゅうがく。	【留学】	☆留学する
		名 自Ⅲ 留學	

979	りゅうがくせい 3,4	【留学生】	
		名 留學生	

類義代換

あの人は外国から勉強をしに来ました。

＝あの人は留学生です。

980	りょうしん 1	【両親】	☞家族①
		名 雙親，父母	

981	りょうり 1	【料理】	☆料理する
		名 飯菜，菜餚	
		他Ⅲ 烹飪，做菜，做飯	

例 毎晩自分で料理しています。
（每天晚上自己做飯）

例 この料理は肉と野菜で作ります。
（這道菜是用肉和蔬菜做成）

り

982 りょこう。	【旅行】　　　　　☆旅行する
	名 自Ⅲ 旅行
983 りんご。	【林檎】
	名 蘋果

らりる れろ

984 れい₁	【零】　　　　　☞数字
	名 (數字) 0
985 れい₁	【例】
	名 例子，範例

れ

986 れいぞうこ₃	【冷蔵庫】
	名 冰箱

類義代換
これは冷蔵庫です。
＝ここに食べ物や飲み物を入れます。

987 レコード₂,₁	"record"
	名 唱片

988 レストラン₁	"法restaurant"
	名 西餐廳

989 れんしゅう₀	【練習】　　　　☆練習する
	名 他Ⅲ 練習

れ

らりるれ**ろ**

990 ろうか。	【廊下】	
	名 走廊	
991 ローマじ3,0	【ローマ字】	
	名 羅馬字	
992 ろく2	【六】	☞数字
	名（數字）6	

ろ

993 わあ₁	
	感 (驚訝或感動時的)驚呼聲
994 ワイシャツ₀	"white shirt"
	名 (男性)襯衫
995 ワイン₁	"wine"
	名 葡萄酒
996 わかい₂ わかかった₁/₂ わかくて₁/₂ わかくない₁/₂-₄	【若い】 イ形 年輕的
997 わかる₂ わかります₄ わかって₂ わからない₃	【分かる】 →知る 自I 懂，了解；知道

わ

| 例 | よくわかりません。ゆっくり話してください。
(我不太懂，請說慢一點) |
| 例 | あした雨が降るか降らないかわかりません。
(我不知道明天會下雨還是不會下雨) |

即時應答

その部屋に入らないでください。
(請不要進去那個房間)

→ はい、わかりました。(好的・知道了)

| 998 わすれもの。 | 【忘れ物】   ☆「忘れ物をする」 |
| | 名 失物；遺忘物品，忘記帶走 |

| 999 わすれる。
わすれます₄
わすれて。
わすれない。 | 【忘れる】   ⇔覚える |
| | 他II 忘記，遺忘 |

類義代換

電車に傘を忘れました。

＝傘の忘れ物です。

| 1000 わたくし。 | 【私】   →私 |
| | 代 [鄭] 我，本人 |

わ

234

1001 わた<u>し</u>。	【私】 ∞あなた
	代 我
1002 わた<u>し</u>たち_{3,2}	【私たち】
	代 我們
1003 わた<u>す</u>。	【渡す】
わたします₄ わたして。 わたさない。	他I 傳遞，交付

| 例 この本を小野さんに渡してください。
（請把這本書交給小野先生） |

| 1004 わた<u>る</u>。 | 【渡る】 |
| わたります₄
わたって。
わたらない。 | 自I 渡，過，穿越 |

| 例 この橋を渡って向こうへ行きましょう。
（我們渡過這座橋到對面去吧） |

| 1005 わら<u>う</u>。 | 【笑う】 ☆「赤ちゃんが笑った。」
⇔泣く |
| わらいます₄
わらって。
わらわない。 | 自I 笑 |

わ

| 1006 わるい₂

わるかった ₁/₂
わるくて ₁/₂
わるくない ₁/₂-₄ | 【悪い】　　☆「<ruby>天気<rt>てんき</rt></ruby>が悪い」
　　　　　　⇔いい、よい

イ形 壞的，不好的 |

付録

ふ ろく

指示詞
しじし

	事物	事物	場所	方向、場所	程度、状態
近称 きんしょう 靠近說話者	この〜	これ	ここ	こちら こっち	こんな〜
中称 ちゅうしょう 靠近聽話者	その〜	それ	そこ	そちら そっち	そんな〜
遠称 えんしょう 離雙方皆遠	あの〜	あれ	あそこ	あちら あっち	あんな〜
不定称 ふていしょう 疑問、非特定	どの〜	どれ	どこ	どちら どっち	どんな〜

*N4範圍

家族（かぞく）

①私の家族

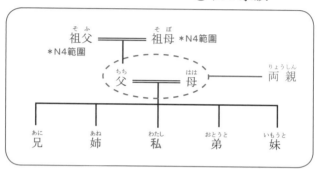

祖父（そふ）＝＝祖母（そぼ）＊N4範圍
＊N4範圍

父（ちち）＝＝母（はは）┤ 両親（りょうしん）

兄（あに）　姉（あね）　私（わたし）　弟（おとうと）　妹（いもうと）

②〜さんの家族

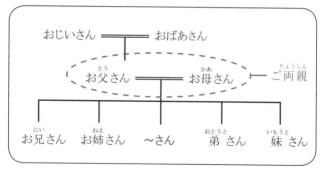

おじいさん＝＝おばあさん

お父さん（とう）＝＝お母さん（かあ）┤ ご両親（りょうしん）

お兄さん（にい）　お姉さん（ねえ）　〜さん　弟さん（おとうと）　妹さん（いもうと）

①

0 ゼロ、れい	ゼロ、零		
1 いち	一	11 じゅういち	十一
2 に	二	12 じゅうに	十二
3 さん	三	13 じゅうさん	十三
4 よん／し	四	14 じゅうよん じゅうし	十四
5 ご	五	15 じゅうご	十五
6 ろく	六	16 じゅうろく	十六
7 なな／しち	七	17 じゅうなな じゅうしち	十七
8 はち	八	18 じゅうはち	十八
9 きゅう／く	九	19 じゅうきゅう じゅうく	十九
10 じゅう	十	20 にじゅう	二十

②

30	さんじゅう	三十		1,000	せん	千
40	よんじゅう	四十		2,000	にせん	二千
50	ごじゅう	五十		3,000 *さんぜん		三千
60	ろくじゅう	六十		4,000	よんせん	四千
70	ななじゅう	七十		5,000	ごせん	五千
	しちじゅう					
80	はちじゅう	八十		6,000	ろくせん	六千
90	きゅうじゅう	九十		7,000	ななせん	七千
100	ひゃく	百		8,000 *はっせん		八千
200	にひゃく	二百		9,000	きゅうせん	九千
300 *さんびゃく		三百				
400	よんひゃく	四百		10,000	いちまん	一万
500	ごひゃく	五百		100,000	じゅうまん	十万
600 *ろっぴゃく		六百		1,000,000	ひゃくまん	百万
700	ななひゃく	七百		10,000,000	せんまん	千万
800 *はっぴゃく		八百				
900	きゅうひゃく	九百		100,000,000	いちおく	一億

時間 (じかん) ⬇ ➡

①

おととい	きょねん 去年	ことし 今年	らいねん 来年	さらいねん 再来年	まいとし まいねん 毎年
せんせんげつ **先々月** (2か月前)	せんげつ 先月	こんげつ 今月	らいげつ 来月	さらいげつ 再来月	まいつき まいげつ 毎月
せんせんしゅう **先々週** (2週間前)	せんしゅう 先週	こんしゅう 今週	らいしゅう 来週	さらいしゅう 再来週	まいしゅう 毎週
おととい	きのう 昨日	きょう 今日	あした	あさって	まいにち 毎日
おととい の朝 あさ	昨日の朝 あさ	けさ 今朝	あしたの 朝 あさ	あさっての 朝 あさ	まいあさ 毎朝
おととい の晩 ばん	ゆうべ 昨日の晩 ばん	こんばん 今晩	あしたの 晩 ばん	あさっての 晩 ばん	まいばん 毎晩

➤ *N3範囲

241

② ～月～日

～月	～がつ
一月	いちがつ
二月	にがつ
三月	さんがつ
四月	しがつ
五月	ごがつ
六月	ろくがつ
七月	しちがつ
八月	はちがつ
九月	くがつ
十月	じゅうがつ
十一月	じゅういちがつ
十二月	じゅうにがつ
何月	なんがつ

～日	～か
一日	ついたち
二日	ふつか
三日	みっか
四日	よっか
五日	いつか
六日	むいか
七日	なのか
八日	ようか
九日	ここのか
十日	とおか

③ ～曜日

週日	週一
にちようび	げつようび
日 曜 日	月 曜 日

	～日		～にち / か
十一日	じゅういちにち	二十一日	にじゅういちにち
十二日	じゅうににち	二十二日	にじゅうににち
十三日	じゅうさんにち	二十三日	にじゅうさんにち
十四日	**じゅうよっか**	二十四日	**にじゅうよっか**
十五日	じゅうごにち	二十五日	にじゅうごにち
十六日	じゅうろくにち	二十六日	にじゅうろくにち
十七日	じゅうしちにち	二十七日	にじゅうしちにち
十八日	じゅうはちにち	二十八日	にじゅうはちにち
十九日	じゅうくにち	二十九日	にじゅうくにち
二十日	**はつか**	三十日	さんじゅうにち
		三十一日	さんじゅういちにち
		何日	なんにち

	週二	週三	週四	週五	週六
	かようび	すいようび	もくようび	きんようび	どようび
	火曜日	水 曜 日	木曜日	金 曜 日	土曜日

④～時～分

～時（じ）	
1	いちじ
2	にじ
3	さんじ
4	よじ
5	ごじ
6	ろくじ
7	しちじ
8	はちじ
9	くじ
10	じゅうじ
11	じゅういちじ
12	じゅうにじ
?	なんじ

～分（ふん / ぷん）	
1	＊いっぷん
2	にふん
3	＊さんぷん
4	＊よんぷん
5	ごふん
6	＊ろっぷん
7	ななふん
8	＊はっぷん
9	きゅうふん
10	＊じゅっぷん / ＊じっぷん
15	じゅうごふん
30	＊さんじゅっぷん / ＊さんじっぷん
	はん（半）
?	＊なんぷん

ex. 5時30分＝5時半
ごじ さんじゅっぷん ごじ はん

期間（きかん） ⬇ ➡

①～間

～分(間)	
1	*いっぷん(かん)
2	にふん(かん)
3	*さんぷん(かん)
4	*よんぷん(かん)
5	ごふん(かん)
6	*ろっぷん(かん)
7	ななふん(かん)
8	*はっぷん(かん)
9	きゅうふん(かん)
10	*じゅっぷん(かん) *じっぷん(かん)
?	*なんぷん(かん)

～時間	
1	いちじかん
2	にじかん
3	さんじかん
4	よじかん
5	ごじかん
6	ろくじかん
7	ななじかん/しちじかん
8	はちじかん
9	くじかん
10	じゅうじかん
?	なんじかん

註：分(間)的間可加可不加

② ～間

	～日(間)	～週間	～か月(間)	～年(間)
1	いちにち 一日	いっしゅうかん 一週間	いっかげつ 一か月	いちねん 一年
2	ふつか 二日	にしゅうかん 二週間	にかげつ 二か月	にねん 二年
3	みっか 三日	さんしゅうかん 三週間	さんかげつ 三か月	さんねん 三年
4	よっか 四日	よんしゅうかん 四週間	よんかげつ 四か月	よねん 四年
5	いつか 五日	ごしゅうかん 五週間	ごかげつ 五か月	ごねん 五年
6	むいか 六日	ろくしゅうかん 六週間	ろっかげつ 六か月	ろくねん 六年
7	なのか 七日	ななしゅうかん 七週間	ななかげつ 七か月	ななねん しちねん 七年
8	ようか 八日	はっしゅうかん 八週間	はちかげつ はっかげつ 八か月	はちねん 八年
9	ここのか 九日	きゅうしゅうかん 九週間	きゅうかげつ 九か月	きゅうねん 九年
10	とおか 十日	じゅっしゅうかん じっしゅうかん 十週間	じゅっかげつ じっかげつ 十か月	じゅうねん 十年
?	なんにち 何日	なんしゅうかん 何週間	なんかげつ 何か月	なんねん 何年

①

			～人	
1	ひとつ	1つ	ひとり	1人
2	ふたつ	2つ	ふたり	2人
3	みっつ	3つ	さんにん	3人
4	よっつ	4つ	よにん	4人
5	いつつ	5つ	ごにん	5人
6	むっつ	6つ	ろくにん	6人
7	ななつ	7つ	ななにん/しちにん	7人
8	やっつ	8つ	はちにん	8人
9	ここのつ	9つ	きゅうにん/くにん	9人
10	とお	10	じゅうにん	10人
?	いくつ		なんにん	何人

②

	<ruby>個<rt>こ</rt></ruby>		<ruby>歳<rt>さい</rt></ruby>		<ruby>番<rt>ばん</rt></ruby>	
	～個		～歳		～番	
1	いっこ	1個	いっさい	1歳	いちばん	1番
2	にこ	2個	にさい	2歳	にばん	2番
3	さんこ	3個	さんさい	3歳	さんばん	3番
4	よんこ	4個	よんさい	4歳	よんばん	4番
5	ごこ	5個	ごさい	5歳	ごばん	5番
6	ろっこ	6個	ろくさい	6歳	ろくばん	6番
7	ななこ	7個	ななさい	7歳	ななばん	7番
8	はちこ/はっこ	8個	はっさい	8歳	はちばん	8番
9	きゅうこ	9個	きゅうさい	9歳	きゅうばん	9番
10	じゅっこ じっこ	10個	じゅっさい じっさい	10歳	じゅうばん	10番
?	なんこ	何個	なんさい	何歳	なんばん	何番

③

		banana	
	～冊 さつ	～本 ほん	～枚 まい
1	いっさつ　1冊	いっぽん＊　1本	いちまい　1枚
2	にさつ　2冊	にほん　2本	にまい　2枚
3	さんさつ　3冊	さんぼん＊　3本	さんまい　3枚
4	よんさつ　4冊	よんほん　4本	よんまい　4枚
5	ごさつ　5冊	ごほん　5本	ごまい　5枚
6	ろくさつ　6冊	ろっぽん＊　6本	ろくまい　6枚
7	ななさつ　7冊	ななほん　7本	ななまい しちまい　7枚
8	はっさつ　8冊	はちほん はっぽん＊　8本	はちまい　8枚
9	きゅうさつ　9冊	きゅうほん　9本	きゅうまい　9枚
10	じゅっさつ　10 じっさつ　冊	じゅっぽん＊　10 じっぽん＊　本	じゅうまい　10 枚
？	なんさつ　何冊	なんぼん＊　何本	なんまい　何枚

④

	~杯 (はい)		~台 (だい)		~匹 (ひき)	
1	いっぱい *	1杯	いちだい	1台	いっぴき *	1匹
2	にはい	2杯	にだい	2台	にひき	2匹
3	さんばい *	3杯	さんだい	3台	さんびき *	3匹
4	よんはい	4杯	よんだい	4台	よんひき	4匹
5	ごはい	5杯	ごだい	5台	ごひき	5匹
6	ろっぱい *	6杯	ろくだい	6台	ろっぴき *	6匹
7	ななはい	7杯	ななだい	7台	ななひき	7匹
8	はっぱい *	8杯	はちだい	8台	はちひき はっぴき *	8匹
9	きゅうはい	9杯	きゅうだい	9台	きゅうひき	9匹
10	じゅっぱい じっぱい *	10杯	じゅうだい	10台	じゅっぴき * じっぴき *	10匹
?	なんばい *	何杯	なんだい	何台	なんびき *	何匹

⑤

	～階 かい	～回 かい	～円 えん
1	いっかい　　　1階	いっかい　　　1回	いちえん　　　1円
2	にかい　　　　2階	にかい　　　　2回	にえん　　　　2円
3	さんがい *　　3階	さんかい　　　3回	さんえん　　　3円
4	よんかい　　　4階	よんかい　　　4回	よんえん　　　4円
5	ごかい　　　　5階	ごかい　　　　5回	ごえん　　　　5円
6	ろっかい　　　6階	ろっかい　　　6回	ろくえん　　　6円
7	ななかい　　　7階	ななかい　　　7回	ななえん　　　7円
8	はちかい はっかい　　8階	はっかい はちかい　　8回	はちえん　　　8円
9	きゅうかい　　9階	きゅうかい　　9回	きゅうえん　　9円
10	じゅっかい じっかい　　10 　　　　　　　階	じゅっかい じっかい　　10 　　　　　　回	じゅうえん　　10 　　　　　　　円
?	なんがい *　　何階	なんかい　　　何回	いくら *

251

⑥

(由名詞而來的助數詞)

	～皿 _{さら}		～箱 _{はこ}	
1	ひとさら	1皿	ひとはこ	1箱
2	ふたさら	2皿	ふたはこ	2箱
3	みさら/さんさら	3皿	みはこ/さんぱこ*/さんはこ	3箱
4	よさら/よんさら	4皿	よはこ/よんはこ/よんぱこ*	4箱
5	ごさら	5皿	ごはこ	5箱
6	ろくさら	6皿	ろくはこ/ろっぱこ*	6箱
7	ななさら	7皿	ななはこ	7箱
8	はちさら	8皿	はちはこ/はっぱこ*	8箱
9	きゅうさら	9皿	きゅうはこ	9箱
10	じゅっさら/じっさら	10皿	じゅっぱこ/じっぱこ*	10箱
?	なんさら	何皿	なんはこ/なんぱこ*	何箱

1+1大於2
基礎**五十音**，就看這兩帖——
◎ 新基準日語五十音習字帖
◎ 簡單日語五十音的王道(附CD)

　　想學日文嗎？向您推薦日語入門組合包《新基準日語五十音習字帖》＋《簡單日語五十音的王道》，前者是市面上少數針對假名筆畫仔細解說的五十音習字帖，後者是專為入門者量身訂作的實用趣味發音書。內容有料又有趣，找對了教材，學五十音真的可以像吃蘋果一樣簡單。

跟吃蘋果一樣簡單

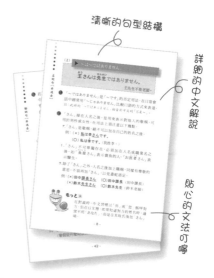

日語動詞的變化，是否讓你永遠搞不清楚？
什麼是五段動詞？
什麼是上下一段動詞？
跟第I類、第II類動詞有何不同？
為什麼有些書上教的變化方式，
跟老師教的不一樣？

口訣式
日語動詞

一本解決所有日語學習者一切疑惑的動詞文法教材！

本書特色

1 每項規則皆搭配口訣，讓你朗朗上口輕鬆記憶。
2 各變化形搭配五十音表來解說，理解無障礙。
3 整合各家說法，任何讀者皆能選擇適合自己的動詞變化方式。
4 附「初中級必備動詞變化整理表」，網羅日語檢定三、四級所有動詞單字，方便查詢背誦。